口入屋用心棒

緋木瓜の仇

鈴木英治

双葉文庫

目次

第一章 7
第二章 59
第三章 115
第四章 193

緋木瓜の仇　口入屋用心棒

第一章

一

喜多治《きたじ》がにやりと笑って見る。

「先蔵《せんぞう》、怖いのか」

むっと顔をしかめて先蔵が見返す。風が音を立てて吹き下ろし、雪片《せっぺん》を巻き上げる。江戸では考えられないくらい冷たく、体が凍りつくのではないかと思える風だ。

「怖いものか」

「顔がこわばっているぞ」

「寒いからだ」

「だったら、早く来いよ」

「わかってるさ。そんなに急《せ》かすな」

すでに氷の上に踏み出している耕助《こうすけ》と甚二郎《じんじろう》も、おもしろそうに先蔵を眺めている。二人はそろって振り分け荷物を背負い直した。

こんなことで動じていては江戸っ子の恥だぞ、と先蔵は自らにいい聞かせたものの、やはり恐ろしさが先に立つ。氷の上を人が歩いて割れないわけがない。それでも、振り分け荷物をぎゅっとつかみ、おそるおそる足を踏み出した。

氷の上に立ち、目をつむってじっとしていたが、きしむような音は立たず、氷が割れる気配は微塵《みじん》もない。相当の厚みがあるのだ。優に一尺はあるのではないか。

無事なのがわかって、先蔵は喜多治のそばでぴょんぴょん跳ねた。

「おいおい、調子に乗るな。本当に割れるかもしれないぞ」

にっと笑って先蔵が喜多治に目をやった。

「喜多治、怖いのか」

「馬鹿をいうな」

「先蔵、喜多治、楽しいのはわかるが、いつまでもじゃれ合っているんじゃねえ。もう行くぞ。歩かねえと寒くてしようがねえや」

耕助がうながす。ああ、と答えて先蔵が顔を上げ、前を見やる。降り積もった雪が踏み固められ、ずっと遠くまで続いている。氷上を突っ切った道は、たっぷりと雪をまとった山中に消えている。夜が明けてまださほどたっておらず、街道を行く旅人はほとんどいない。なによりこの寒さを避けているのかもしれない。こんなに寒い中を歩くなど、酔狂《すいきょう》この上ない。

こうして湖が凍りつき、歩けるようになるのはこの時季だけだそうだ。ふだんは山中を走る街道を行くが、冬のあいだだけは湖の上を通ることで、道程はかなり短縮される。もちろん、ときにあたたかな冬がやってきて、凍らないこともあるらしい。

いま雪は降っていないが、雲がどんよりと重く垂れ込め、空は陰鬱《いんうつ》さを増している。うなるような音とともに、山からまた風が吹き下ろしてきた。先蔵たちは一斉に、ひゃー、という声を上げ、体を縮めた。たったこれだけのことで厚着をしている体が冷え切り、足先がじんじんとしびれる。手の指が痛いほどになった。

「まったく信じられん寒さだな」

体をぶるりとさせて、甚二郎がつぶやく。

「こんな寒い時季に善光寺に行こうだなんて、いったい誰がいい出したんだ」

先蔵が口にすると、喜多治がひょいと顎《あご》をしゃくった。

「おめえだよ」

「あれ、そうだったか」

「なに、とぼけてやがんだ」

「――おや」

なにかを感じたかのように、耕助がふと顔を上げた。

「どうしたい」

口調にただならぬものを感じて、先蔵がただす。

「あそこだ。人がいる」

右手をかざした耕助が腕を伸ばすと人さし指でさした。三人が顔を向ける。

「本当だ、人が立ってる」

人影を見つけて、喜多治が声を発した。あっ、と先蔵も認めた。二町ほど先の崖の上に人が立ち、真下をのぞき込むようにしているのだ。

「高いな。二十丈はあるぞ」

橙《だいだい》色の小袖《こそで》を着ているらしく、雪化粧の中、その色がひときわ目立つ。

「若い娘のようだな」

「あんなところでなにをしているのかな」

耕助の声には危惧の念が含まれている。

「まさか飛び降りるつもりじゃねえだろうな」

「そんな、やめてくれよ」

青い顔になって先蔵が首を振る。

娘がかがみ込んだのか、その姿が木陰に隠れて見えなくなった。

「あっ、見えたぞ」

また姿をあらわしたのもつかの間、湖に向かってふらりと身を乗り出した。

「ああっ」

先蔵たちの悲鳴が雪に覆われた湖の上を走り抜け、わんわんとこだまする。勢いが足りずに崖を転がり落ちた体は、凍った湖面に叩きつけられた。堅い音が鳴り響く。

「たいへんだ」

「急げっ」

先蔵たちはわらわらと氷の上を走り出した。踏み固められた雪に足をとられ、何度も転びそうになったが、なんとか駆けつけた。

娘は氷の上にうつぶせになっていた。髪はくしゃくしゃだが、身につけている着物はいかにも上等そうだ。武家の娘だろうか。すでに息絶えているのは一目で知れた。どうして武家の娘が、早朝こんな死に方をしなければならないのか。

ふう、と止めていた息を吐き出して、耕助が崖を見上げる。

「この高さから落ちたのでは、ひとたまりもないな」

「かわいそうに」

「なんまんだぶ、なんまんだぶ」

「なにがあったか知らないが、若い身空でなにも死なんでもなあ。不憫《ふびん》なことだ」

「ああ、俺たちとは比べものにならないほどよい暮らしをしていたにちがいあるまいに」

「あと十日もすれば新しい年がやってくるっていうのに。年が変われば、気持ちも晴れてくるもんだがなあ」

男たちは口々にしゃべった。なにか話していないと、たまらない気分だった。

いったいどんな顔をしているのか、と興味を抱いた喜多治がしゃがみ込み、娘の顔を見ようとした。

「うっ」

　表情をゆがめた。

「どうした」

　耕助にきかれ、喜多治が控えめに指をさす。

「顔が潰れてる」

　眉根を寄せ、耕助が苦《にが》そうな顔つきになる。

「この高さから飛び降りれば、そういうこともあるだろうな」

「それにしてもこの仏さん、このまま放っておくわけにもいかんな」

　それまで黙って腕を組んでいた甚二郎が、冷静な口調でいった。湖の向こうに何軒かの人家が見えている。

「あそこまで行けば、この仏が誰なのか知っている人もいるだろう。話せば土地の人が葬《ほうむ》ってくれるんじゃないか」

　うなずき合って先蔵たちは歩き出した。雲の切れ間から日が斜めに射し込んできて、湖面を明るく照らし出した。わずかながらも、あたりを覆う陰鬱さが薄れる。

「父上、お怨みをお晴らしいたします」

不意に、先蔵はそんな声を聞いたような気がした。

「えっ」

あわてて振り返る。うつぶせの死骸が口にしたように思えたのだ。

だが、そんなことがあるはずがない。

風に吹き上げられた雪と氷のかけらがきらきらと舞う中、娘の死骸はなにもいわず横たわっている。

二

音を立てて、つむじ風が近づいてきた。

巻き上げられた砂塵がもうもうと舞い、さっと前に出て琢ノ介《たくのすけ》はおさよをかばった。

立ちこめた砂埃《すなぼこり》がうつむいた琢ノ介の顔に当たり、ざあという音とともに背後を行きすぎてゆく。目を閉じていても細かい砂がまぶたをこじあけるように入ってきて、痛みで涙が出てくる。ふう、と息をついた。

「いつものこととはいえ、ひどいものだな」

つぶやくようにいって目尻をぬぐった琢ノ介はぎくりとした。どこからか誰かにじっと見られているような気分になっている。その上に、殺気も感じた。

さっと背後のおさよを振り返って見る。

「あの、なにか」

したたるような色気を宿した目で、おさよが見返してくる。この目には、おあきをめとったばかりの琢ノ介ですら、何度もどきっとさせられる。色気だけでなく、守ってやりたいと思えるほどか弱げな表情をみせることもあり、そのときだけは十九という歳に相応の顔になるから、女というのはまったくもって不思議なものだ。

この娘ではないな、と内心で琢ノ介は首を振った。今の殺気は誰か別の者が発したものだ。誰かが、わしをうかがうように見ていたのだ。

――だが、いったい誰が。

目が険《けわ》しくなりかけたが、すぐにさりげなさをよそおって琢ノ介はあたりを見回した。

年が明け、今日でちょうど二十日たった。お屠蘇《とそ》気分はすでに抜け、江戸の町はいつものにぎやかさを取り戻している。正月中もにぎやかだったが、常には感じられない静謐《せいひつ》さがときに漂っていたような気がしたものだ。

ふむ、それらしい者はおらぬな。

今の殺気は決して勘ちがいなどではない。おらぬのではなく、見つけられなかったというほうが正しい。侍を捨てたからといって、いきなり腕が落ちたというわけではなかろう。もともとの腕がその程度なのだ。

くそう。軽く唇を嚙み、琢ノ介は腕組みをした。俺はまた何者かに狙われているのか。

同じようなことは、これまでに何度もあった。慣れっことといえばそれまでだが、いくら経験しても気持ちのよいものではない。

とっとと姿をあらわせ。

怒鳴りつけたい気持ちになってくる。

「どうかされましたか」

案じ顔のおさよがきいてくる。そういう顔をすると、どこか妖しげな光が目にたたえられ、ひどく男心をそそるものがある。

こいつはたまらんな。その思いを押し隠すために、たっぷりとした頰に笑みを浮かべて、琢ノ介はかぶりを振った。

「なんでもない。おさよさん、早く行こうか。先さまも待ちかねていよう」

はい、とうなずき、おさよがあとをついてくる。

「今ので三度目でしたね」

歩き出してすぐさまおさよが声をかけてきた。振り返って琢ノ介はただした。

「なにがかな」

「米田屋《よねだや》さんが砂埃から私を守ってくれたことです」

米田屋か、と鬢《びん》をかいて琢ノ介は苦笑した。さすがにこの呼び方にはまだ慣れない。くすぐったさがある。ほんの五日前に祝言《しゅうげん》を挙げ、おあきを女房にしたとはいえ、まだ正式に米田屋を継《つ》いだわけではないからこの呼び方は適当とはいえないが、おさよにしてみればほかに呼びようもないのだろう。

「一度目はおさよさんを守れなかったが、二度目、三度目はしっかりと守ることができたとわしも思っている」

「ありがとうございます。助かりました」

歩みを止め、おさよがていねいに辞儀する。

「いや、まあ、あのくらい、男として当然のことだ。それに、おさよさんは大事なお客さんだ。守らなければならん」

あの、と再び歩き出したおさよが控えめな声を発する。

「米田屋さんは、元はお武家ですか」

「うむ、そうだ。わかるかな」

「はい、わかります。お侍はおやめになったのですか」

「うむ、やめた。今は口入屋で商売修業の最中だ」

「いつから修業をはじめられたのです」

「去年の末だな。だから、まだまだこれからの身だ」

「どうしてお侍を捨てられたのですか」

「実をいえば、わしも迷っていたのだ。生まれてから、この歳までずっと侍をしていたゆえ。だが、ここ何年かは浪人だった。仕官の望みはまったくない。好きなおなごもできたゆえ、思い切ったのだ」

「好きなおなごといいますと」

「米田屋には娘が三人いるのだが、長女のおあきという娘だ。娘といっても、亭主に死なれて、男の子が一人おる。もちろん、身の上に同情して一緒になろうと思ったわけではない。わしは人柄の美しさに惚れた」

「それはなによりですね」

ちらりと振り返り、琢ノ介はおさよを見た。

「おさよさんも、武家ではないか」

「はい、その通りです」

目を上げておさよが前を見つめた。

「米田屋さんには最初にお目にかかった時にお話ししましたけど、私の家は旗本でした。二百十石という禄でしたから、御家人とほとんど変わりはありませんでした」

「どういう理由で妾《めかけ》奉公を望むことになったか、それは福天屋《ふくてんや》さんに話そう。優しいお方だから、なんの心配もいらぬ。おさよさんは、わしにとって初めての客だ。そういう人に、とっておきの旦那さんを世話するのは当然のことだ」

「福天屋さんは油問屋とのことでしたね」

「うむ、とても盛っている店だ。とんでもなく富裕だから、おさよさんはなに不自由なく暮らせるはずだよ。伊右衛門《いえもん》さんは隠居といえども、まだ商売の実権を握っている。だからなのか、見た目はすごく若い。おさよさんのことは、きっと大事にしてくれるはずだ」

「ありがたいお話です」

また立ち止まり、おさよが腰を折る。

「いや、まだ礼は早い。話がまとまったわけではないのだから」

はい、とおさよが表情を引き締める。

「うまくいくでしょうか」

足を止め、琢ノ介はおさよに向き直った。

「心配はいらんよ。おさよさんは、伊右衛門さんが望んだ通りのおなごゆえ」

「それならばよいのですが」

「本当に案ずることはない」

あとほんの二町ほどで伊右衛門の別宅に着くというとき、あっ、とおさよが声を上げた。

「どうした」

「猫が」

おさよが指さす木塀の上に、猫がちょこんと座り込んでいる。

「かわいい」

猫に近づき、おさよが笑みを浮かべる。

「さあ、いい子ね。なにもしないから安心してね。あなたはなんという名なの」

にゃおーん、と猫が一声鳴いた。

「にゃん子かしら、それともにゃん吉かしら。鳴き声が女の子らしいから、きっとにゃん子ちゃんね」

伸びをした猫が、塀の上を歩いてゆっくりとおさよに近寄ってきた。ふふ、とおさよが優しく笑う。

「にゃん子ちゃん、いい子ね」

手を伸ばし、そっと背中をなではじめた。おさよにされるがままになり、猫は気持ちよさそうに目を閉じた。

猫のかわいがり方の巧みさに、琢ノ介は驚いた。こんなにたやすく猫がなついたところは、初めて見た。

「私、猫が大好きなんです」

振り返っておさよがほほえむ。

「それは、見ればよくわかる」

「屋敷でも飼っていたんですよ。さくらという名の、とてもかわいい猫でした」

青空を見上げ、おさよが懐かしむ顔になる。

「さくらは今どうしているんでしょう」

猫がぷいと横を向き、さっと塀を走り去った。くすりとおさよが笑いを漏らす。

「ほかの猫の話をしたから、にゃん子ちゃん、焼餅《やきもち》焼いて行ってしまったわ」

「よし、わしらも行こうか」

次に琢ノ介たちが足を止めたのは、ぐるりを高い土塀がめぐっている宏壮《こうそう》な屋敷の門前である。門柱のがっちりとした冠木門《かぶきもん》は、固く閉じられている。門の向こうに母屋が見えるが、大寺の本堂のような規模を誇っており、瓦《かわら》の群れが冬の弱々しい陽射しを浴びて、鈍く光っている。

「ここが」

驚いたようにおさよが目をみはっている。

「うむ、伊右衛門さんの別宅だ」

「すごい家ですね」

「富裕だといったのがわかるだろう」

「本当に」

「話がまとまれば、おさよさんはここで暮らすことになる」

門の小窓に向けて訪《おとな》いを入れた。門番らしい年寄りが顔をのぞかせ、琢ノ介とおさよを見た。

「お話は旦那さまよりうかがっています」

すぐに冠木門があけられ、琢ノ介たちは中に足を踏み入れた。

背の低い垣根沿いに丸くて白い石が敷かれており、入口のほうへつながっている。

入口に初老の男が立っていた。右手を掲げ、琢ノ介は笑顔で近づいた。

「伊右衛門さん」

「平川《ひらかわ》さま。いや、今は米田屋さんと呼ぶべきでしょうね」

「畏れ入ります」

伊右衛門の前に立ち、琢ノ介は深々と腰を折った。

「こちらがおさよさんですね」

まぶしそうに伊右衛門が見やる。

「これはまた美しい人だ。きれいだとは米田屋さんに聞かされていたが、思っていた以上ですよ」

「お気に召していただけましたか」

「もちろんですよ」

にこっとして琢ノ介はおさよを見た。

「ということだ、おさよさん。よかったな」

こくりとうなずいて、おさよが白い歯をこぼす。

「とてもお優しそうなお方で、私もうれしく存じます」

「こんなところではなんですから、ささ、お上がりなされ」

伊右衛門の先導で、琢ノ介たちは広々とした座敷に招かれた。庭に面した障《しょう》子《じ》がきちっと閉められ、座敷に置かれたいくつもの大火鉢には、いずれも炭が赤々と熾《おき》ている。部屋はほっとするあたたかみに満ちていた。

「よいお部屋ですね」

「気に入ったのなら、おさよさんがこちらを使ってもよろしい」

「まことですか」

顔を輝かせ、おさよがうれしそうに両手を合わせる。

「わしは嘘はつきません」

「あの、お庭を見てもよろしいですか」

「もちろん」

敷居に歩み寄り、おさよが障子を横に滑らせた。よく手入れの行き届いた庭が眼前に広がった。春が近いといってもまだ寒さが厳しい中、緑が実に濃く、目に優しい感じがする。色とりどりの花も競うように咲いていた。冬でもこんなに多くの花がひらくのだと、琢ノ介は初めて知った。

「わあ、きれい」

目を輝かせておさよが歓声を放つ。

「わしの自慢の庭ですよ」

「あそこに見えるのは東屋《あずまや》ですか」

おさよの指さすほうに琢ノ介は顔を向けた。茅葺《かやぶ》き屋根の建物が築山《つきやま》の横に建っている。

「そうです。東屋というと、四方をあけ放したものが多いが、あそこはわしの趣味の俳句の会を催せるように、すべてが閉められるようになっています」

「広い東屋ですね」

「そうですな、中は十畳ほどの広さがありますから」

やや強い風が吹き込んできたのを潮に、おさよが静かに障子を閉めた。失礼いたします、と畳の上に正座する。その向かいに伊右衛門が座ったのを見てから、琢ノ介も膝を正した。

「伊右衛門さん、もうお気持ちはお決まりになったようですが」

「ええ、その通りです。もちろん、おさよさんの気持ち次第だが、手前はおさよさんにこの家に住んでほしいと思っています」

「ありがとうございます」

両手をついておさよが伊右衛門を見つめる。

「私もお話を受けたいと思っています。ただ、その前にお話ししておかないといけません。私のことです」

「はい、うかがいましょう」

息を軽く吸ってから、伊右衛門が背筋を伸ばした。

「私は旗本の娘でした。縁あって、八百五十石の旗本の家に嫁入りができました」

それがどうして妾奉公を望むのか、と伊右衛門は思っただろうが、口には出さない。わけは今から聞かされるはずだ。

「婚家の当主が、私の旦那さまでございました。旦那さまはなかなかよい地位に就いていらっしゃいました。そのおかげで、私の父は小普請組《こぶしんぐみ》から引き上げてもらい、その後家督を継いだ兄までお役をいただきました。ところが、旦那さまが不正をはたらき、それが露見して切腹をいいつけられてしまったのです。父と兄は切腹をまぬがれたものの、私の実家は取り潰しになりました」

「それはまた気の毒に」

「父も兄も不正に荷担していたわけではありません。濡衣《ぬれぎぬ》も同然でしたが、抗弁はまったく聞き入れてもらえませんでした」

無念そうにおさよがうつむく。

「住み慣れた屋敷を追い出された父はそのあと病にかかり、裏長屋でひっそりと亡くなりました。父の死を見届けたのち、兄は長屋を出奔《しゅっぽん》し、それきり今もって行方がわかりません。私は身の振り方を自分で考えねばならなくなり、こうして米田屋さんに口をきいてもらっているのです」

黙って話をきいていた伊右衛門が顔を上げた。

「おさよさん、苦労されたのだな。だが、今日からは暮らしの心配はいらん。わしが楽をさせてやるゆえ、大船に乗った心地でいてくだされや」

「ありがとうございます」

両手を畳にそろえ、おさよがこうべを垂れる。あたたかなものが畳に落ち、小さなしみをいくつもつくった。

あれならば、と伊右衛門とおさよの様子を思い返して琢ノ介はほっとした。きっと二人は仲よくやってゆくだろう。

うまいことまとまって、うちには口銭が入ってくるし、万々歳だ。

正直、琢ノ介はほっとしている。おあきを女房として米田屋の家人の一人になったとはいえ、商売のほうでは、まだなんの成果も上げていなかったのだ。一人の薄幸な娘を、裕福な隠居の妾にできた。これで、ようやく自分も米田屋の一員になれたのではないか。

いや、このくらいではまだまだだ。よし、この調子でがんばるぞ。

自らに気合を入れ、琢ノ介は得意先回りをはじめることにした。いくつか掛け取りをしなければならないところがある。

その前に、目についた蕎麦屋《そばや》の暖簾《のれん》の前に立った。なにをするのにも、腹ごしらえは大事である。腹が減っては軍《いくさ》はできぬというのは、至言《しげん》だ。

それにしても、蕎麦屋などいくらでもあるのに、どうしてこの蕎麦屋に惹《ひ》かれたのか。

そうか、店先に寒木瓜《かんぼけ》が植えられ、見事な赤い花をつけていたからだ。木瓜といえばたいていい桜色をした花がまず頭に浮かぶが、緋木瓜《ひぼけ》ともいわれるように、こうして鮮やかでふっくらとした紅色の花を咲かせるものもあるのだ。しげしげと見つめてから、琢ノ介は暖簾を払った。

風流がわかる者が打つ蕎麦切りなら、きっとうまかろうという期待は、あっさりと裏切られた。つゆは薄く、蕎麦切りは腰がなく、伸びすぎていてふにゃふにゃしていた。じき昼時というのに空いている店内を見て、おやとは思ったものの、まさかこんな蕎麦切りを供されるとは夢にも思わなかった。

ついていない。まずいものを食べたあとは、とても損した気になる。こんな店に入るのではなかった。緋木瓜に騙された気分だ。琢ノ介は顔をゆがめた。金を払うのももったいない。できるだけ仏頂面《ぶっちょうづら》をして、琢ノ介は懐から財布を取り出した。

「三十六文になります」

なんと、これで三十六文とは、いくらなんでもぼりすぎだろう。口から出かかったが、二度と来なければよいだけのことだ、と考え直してなんとか言葉をのみ込んだ。

三十六文を受け取り、ありがとうございました、と小女がしれっというのも腹立たしい。

暖簾を外に打ち払って、琢ノ介は道に出た。緋木瓜をにらみつける。

「おまえのせいだぞ」

声に出していった。風が吹き、緋木瓜は少しうなだれたように見えた。悪いことをいったかな、と琢ノ介は少し反省した。

「気にするな。おまえのせいじゃない」

まじめな顔をして木瓜の花に語りかけている琢ノ介を見て、道行く者が、このお方は大丈夫か、という目で見る。

うおっほん、と大仰《おおぎよう》に咳払いをしてから、琢ノ介は歩き出した。とにかく今は、まずかった蕎麦切りのことは忘れ、掛け取りに精を出さなければならない。

最初に向かったのは、三国屋《みくにや》という太物《ふともの》問屋である。ここには、光右衛門《みつえもん》が丁稚《でっち》を一人入れたのだ。その口銭をまだもらっていない。三国屋はかなり繁盛している。口銭はたったの二分に過ぎない。すぐに払ってもらえるはずだ。光右衛門によれば、禎吉《ていきち》という丁稚は店になじみ、しっかり働いているとのことだ。

米田屋の者でございますが、といって表口から入ったら、裏口に回るように目つきの悪い手代らしい男にいわれた。少し気分が悪かったが琢ノ介は素直にその言葉にしたがった。

「ここでお待ち下さい」

裏口にいた番頭だという男に、物置のような小屋に入るようにいわれた。長床几《ながしょうぎ》が一つ置いてあり、琢ノ介はそれに腰かけた。

そのまま四半刻ばかり待たされた。

「それで何用ですか」

ようやく物置にあらわれた番頭にきかれた。

「はい、掛け売りの代金をいただきにまいりました」

できるだけはきはきとした口調を心がける。

「掛け売りといいますと」

「はい、こちらに奉公している禎吉さんの口銭でございます」

「禎吉の口銭……。いくらでしたかな」

「はい、二分でございます」

眉を曇らせ、番頭が腕を組む。

「二分ですか。申し訳ありませんが、いま手元に持ち合わせがないのです。後日、またいらしてくれませんか」

「えっ、三国屋さんほどの大店《おおだな》で、二分の持ち合わせがないというのは、ちと考えにくいのですが」

「いろいろと物入りでしてな、なんやかやと出費がかさみまして」

「しかし……」

「ないものはないのですよ。申し訳ありませんが、米田屋さん、出直してもらえませんか」

「出直すのはかまいませんが、次はいつ来ればよろしいですか」

「半年後にお願いします」

番頭がぬけぬけといった。

「ええっ」

あまりのことに呆然としかけて、琢ノ介はあわてて番頭にいった。

「せめて十日後にしていただきたいのですが。今月末ではいかがでしょう」

目を閉じ、番頭はしばらく黙り込んだ。

「よろしいでしょう。今月末に二分、必ず用意しておきます」

「よろしくお願いします」

深々と頭を下げ、琢ノ介はひそかに息をついた。こいつはたいへんだな、と心の底から思った。金を取り立てるというのは、並大抵のことではないのだ。だが、金をもらわないと商売は成り立たない。人を世話しただけでは駄目なのだ。

「米田屋さんだから、特別にお支払いするのですよ。ほかの口入屋なら、こうはいきませんからね」

恩着せがましく番頭にいわれた。

「はあ、わかりました。ありがとうございます。助かります」

辞儀をして琢ノ介は三国屋を辞した。ふう、と自然に吐息《といき》が漏れた。光右衛門はいつもこんな苦労をしていたのだろうか。米田屋ではよくうまい飯を馳走になったが、あれだって光右衛門が金を回収してきたからこそ、ありつけたのだ。なんの気兼ねもなく、出された物を平らげていたが、すべては光右衛門の働きがあったからこそだったのだ。光右衛門に感謝の思いを告げなければならない。

いま光右衛門は重い病を患《わずら》っているが、なんとしても治ってほしい。そしてこれまでの恩返しをしなければならない。

次に琢ノ介が向かったのは、九百三十石の禄を食《は》む安堂嵯兵衛《あんどうさへえ》という旗本の屋敷だった。

この家は、千代田城で納戸方《なんどかた》をつとめている。将軍の調度や衣服を管理し、諸侯から献上される品物や下賜《かし》される金銀、諸物などの事務を職務とする役目で、なにかと実入りがいいとのことだ。それならば、先ほどの三国屋のようなことはまずあるまい、と琢ノ介は踏んだ。

門番に用件を告げると、すぐさま敷地に通された。

おっ、ここにも緋木瓜が咲いているではないか。

鮮やかな紅色が、穏やかな陽射しにほどよく輝いている。きれいだな、と琢ノ介は思った。緋木瓜に元気づけられたような気になった。今度こそ、この花にだまされることはあるまい。座敷に通されたが、琢ノ介はまたも長々と待たされた。

ようやく半刻後にあらわれた用人は意地の悪そうな顔をしていた。上目遣いにまじまじと見つめられた。

「米田屋がやってきたというから、こうして来てみれば、知らぬ顔が目の前におる。おぬしは何者かな」

「米田屋光右衛門はいま体調が思わしくなく、臥《ふ》せっております。手前は琢ノ介と申しまして、光右衛門の代理の者でございます」

「それを証《あか》すものは」

いわれて、琢ノ介は弱った。

「いえ、そういうものは持っておりません」

「掛け取りに来たときいたが」

「はい、さようでございます。安堂さまには、半年前に五人の中間《ちゅうげん》を入れさせていただきました。その口銭をいただきにまいりました」

眉根を寄せているだけで、用人は言葉を発しない。

「口銭は三分ということになっております。お支払いいただけますか」

「できぬ」

にべもなく用人がいった。驚いて、琢ノ介は思わず腰を上げかけた。

「なにゆえでございますか」

「おぬしが本物の代理かどうか、知れたものではないからだ」

「いえ、手前は本当に米田屋のものでございます。米田屋の娘をめとり、すでに家人の一員となっております」

「米田屋の娘をめとっただと。そのようなことは米田屋から聞いておらぬ。おぬし、偽者であろう。我が家《いえ》から、金を騙《かた》り取ろうという魂胆《こんたん》ではないか」

「滅相《めっそう》もない。手前は本当に米田屋の者でございます」

「ならば、それを証す物を持ってくることだ。それがなければ、金は払えぬ」

内心でため息をつき、琢ノ介は頭を下げた。

「承知いたしました。出直してまいります」

立派な長屋門を出て琢ノ介は天を仰いだ。ふむう、なかなかうまくいかぬものよ。これは、わしが新しい奉公人で、足元を見られているからであろうか。いや、そうではない。まだ信用がないからであろう。まあ、それは仕方あるまい。地道に働き、信用を積み重ねていかねばならぬ。

とにかく前向きに物事を考えるように、とおあきにはいわれている。確かに、つまらないことを考えはじめると、人というのは駄目になってゆくことが多いようだ。つまらないことを考えて、よいことなど一つもない。なんでも明るく考えるというのは、とてもよいことだろう。

きっと光右衛門も通った道なのだ。光右衛門だって最初から商売がうまくいったはずがない。だから、このくらいのことで口入屋の仕事をやめようというつもりは毛頭ない。

それにしても、と琢ノ介は思った。光右衛門が余命半年というのは、さすがに衝撃だった。精一杯、生きられるようにしてやらなければと思う。自分もがんばらなければならない。両刀は捨てた。もはや後戻りはできない。今は口入稼業に命を懸けているといっても、決して大袈裟《おおげさ》ではない。

むっ。

またも人の目を感じ、琢ノ介は神経を集中した。どこから見ているのか。右側だ。そちらに人がいる。なにげなくそちらに目を向けた。だが、そこには誰もいない。

まさか勘ちがいだったのではあるまいな。

いや、そうではない。確かに誰かがいて、このわしを見つめていた。

見極められないのが、琢ノ介は腹立たしくてならなかった。

三

琢ノ介はこのことを知らぬのか、と直之進《なおのしん》は思った。

ここ最近、光右衛門が町をうろついていることをだ。病に臥せてはいるものの、このところ体調が少しよくなっているようなのだ。

これが病の治る兆《きざ》しならどんなによいだろうと思うが、直之進はあまり期待しないようにしている。余命を告げられるほどの重い病だといっても、いきなり死は訪れないものだ。病魔はじわじわと体を蝕《むしば》んでゆくのだろう。そういう病であるならば、体調がいいときがあってもなんら不思議はないのだ。

それにしても、光右衛門は出歩きすぎだろう。いったいなにが目的で、町をうろついているのか。それを確かめようと、直之進は光右衛門のあとをつけている。光右衛門のことを心配したおあき、おれん、おきくの三姉妹に頼まれたのである。

光右衛門は琢ノ介が商売に出かけたあと、散歩に行ってくるといって外出するそうだ。おあきたちは琢ノ介には心配をかけたくないからと、光右衛門の他出は話していないのかもしれない。確かに、琢ノ介にとって今は大事なときだ。光右衛門のことが気にかかっては、商売を覚えるどころではなくなってしまうだろう。

実際、おきくたちも光右衛門のことを気にして、一度ならずつけたことがあるという。だが、いずれも撒かれたそうだ。光右衛門が気づいておきくたちを撒いたのかどうか、それはわからない。近道をしているうちに自然に姿が見えなくなったけかもしれない。なにしろ、光右衛門はよく道を知っているのだ。犬や猫しか通らないような細い路地でも、平気な顔をして入ってゆくのだから、あきれてしまう。

光右衛門の姿が見えなくても、気配でついていけるからなんとか撒かれずに済んでいるだけで、これでもし気配を消されたら、お手上げである。もっとも、光右衛門はつけられていることに気づいている様子はなく、とにかく足早に進んでゆくだけだ。あの足取りだけを見ていると、重い病に冒《おか》された身であるとは、とても思えない。

おっ。

足を止めて、直之進は光右衛門を見つめた。距離はおよそ半町余り、感づかれるようなことはまずない。

細い路地に身を寄せて、光右衛門は一軒の商家をじっと眺めていた。建物の横に張り出した看板には、三国屋と大きく墨書されている。屋根に掲げられた扁額《へんがく》には太物と記されているようだ。

なんの変哲もない太物屋で、ひっきりなしに客が暖簾を払って出入りしている。かなり繁盛している店のようだ。

だ。

「あっ」

直之進の口から我知らず声が漏れた。そこにあらわれたのが琢ノ介だったから

「つまり三国屋というのは、米田屋の得意先の一つということか」

光右衛門は、琢ノ介の働きぶりを気にしていたのだ、と直之進は合点した。琢ノ介が怠けるのではないかと心配しているのではなく、新米としての仕事ぶりが案じられてならない様子だ。

暖簾を払って店の中に入っていった琢ノ介が、すぐに出てきた。こんなに早く出てきてどうしたのだろう、と直之進はいぶかった。琢ノ介は三国屋の横の路地を入っていった。どうやら店の裏に回ったようだ。

裏に回るようにとでもいわれたのだろうな、と直之進は覚った。侍という身分を捨てて、町人に指図されるのはなかなか慣れないだろうが、その思いを琢ノ介は微塵も外にあらわしていなかった。そのあたりは、さすがとしかいいようがない。琢ノ介の覚悟がよくわかる。

路地の切れ目近くに立ったまま、光右衛門はそわそわしている。琢ノ介のことが気にかかって仕方がないようだ。おあきの婿《むこ》となった男がかわいくてならない

のだろう。それと同時に、琢ノ介には早く一人前になってほしいと思っているはずだ。

　光右衛門は、琢ノ介に米田屋の暖簾を任せるつもりでいるのだ。琢ノ介が半人前のまま、もし光右衛門自身が逝くようなことになったら、無念すぎて死んでも死にきれまい。

　四半刻以上たって、ようやく琢ノ介が姿を見せた。少し浮かない顔をしている。商売がうまくいかなかったということか。

　仕方あるまい、と直之進は思った。そうそう初めからうまくいくはずがない。商売に限らず、いろいろと挫折を乗り越えて、一つ一つ覚えていくしかないのだ。

　琢ノ介には如才《じょさい》ないところがあり、それが長所でもあり、短所でもある。如才ないから物覚えは相当よい。だが、そのために、このくらいでよかろう、と物事を甘く見るところがある。適当にやって、わかったような気になってしまうのだ。対して不器用な者は、最初はなかなかうまくいかない。物覚えも悪く、落ち込むことが多いが、あきらめずにがんばっていると、不意に要領がつかめることがある。がんばって得たものだけに、不器用な者はその要領を決して忘れない。

ふと琢ノ介が顔を引き締めた。誰かの目を感じたようにあたりを見回す。さっと光右衛門が顔を引っ込める。

琢ノ介が、おかしいなという顔で首をかしげ、ゆっくりと歩き出した。別の得意先に向かうようだ。

あとをつけるかと思ったが、光右衛門は琢ノ介とは別の方角へ進みはじめた。直之進は距離を置き、光右衛門の尾行を続けた。

それにしても、と思った。いま琢ノ介を見ていた者が光右衛門以外にいなかったか。なんとなく、ほかに別の者がいたような気がしてならない。考えすぎだろうか。琢ノ介を見ていたとしたら、うらみを持つ者だろうか。だが、いったい誰が琢ノ介にうらみを抱くというのだ。

うーむ。直之進は胸中でうなり声を発した。琢ノ介について気になるものを感じながらも、今は光右衛門のあとをつけるしかなかった。

相変わらず光右衛門は細い道、狭い道をものともせずに歩いてゆく。両側の武家屋敷から木の枝がだらりと垂れて陽射しが届かない暗い道は、背の低い光右衛門には苦労がなくても、背丈のある直之進には、身を縮めて進まなくてはならず、かなり大変だ。まったくこんな道は勘弁してくれ、と正直、思った。どうして誰も通らないような狭い道を平気な顔をして選ぶのか。つけられているのを知って、こちらに嫌がらせをしているのではないかと勘繰《かんぐ》りたくなる。

だが、光右衛門は一度も後ろを振り返るような素振《そぶ》りは見せない。直之進がつけていることなど、まったく知らないはずだ。となると、こういう道を光右衛門はいつも使っていたということだろう。

枝が茂り放題の路地がようやく終わり、広い道に出た。さすがに直之進はほっとした。

「あっ、湯瀬《ゆせ》さまではありませんか」

横合いから声をかけられ、直之進はそちらに目をやった。

「おう、和四郎《わしろう》どのではないか」

笑顔を向けつつ、直之進は目で光右衛門の姿を追った。さすがに歩き続けで疲れたのか、一軒の茶店に入り、長床几に腰かけている。小女に茶を頼んだようだ。

そこまで確かめて、直之進は和四郎に向き直った。

「和四郎どの、元気そうだな」

「はい、おかげさまで」

にこにこして和四郎が軽く頭を下げ、直之進を見やる。

「湯瀬さまもお元気そうで、なによりです」

「俺は健《すこ》やかさだけが取り柄ゆえな」

「いえ、そのようなことはございませんよ」

ゆっくりとかぶりを振り、和四郎が心地よい言葉を並べる。

「湯瀬さまは剣だけでなく、お智恵もよろしゅうございます。その上、とても粘り強い。我があるじの登兵衛《とうべえ》も、見習いたいと申しています」

「剣はまだまだだし、頭のめぐりもとてもよいとはいえぬ。まあ、粘り強さだけはなんとか人に認めてもらえるかもしれぬ」

「剣もすごい腕前だと手前は思います」

「俺はもっと強くなりたい」

そのためにはどうすればよいか。川藤仁埜丞《かわとうじんのじょう》のもとに通い、鍛えてもらうだけでよいのだろうか。

おや、と直之進は気づいて和四郎を見直した。血色はとてもよく、一見、心身ともに健やかそうに見える。だが、どこか影が薄いような感じがある。気になり、直之進は和四郎の顔を凝視した。

「手前の顔になにかついておりますか」

「和四郎どの、具合でも悪いのか」

直之進はたずねざるを得なかった。

「えっ」

和四郎が意外そうな顔になる。

「いえ、どこも悪くありません」

張りのある声で答える。

「あの、どこか悪いように、湯瀬さまにはお見えなのですか」

いや、と直之進は手を振った。

「そういうことではないのだ。和四郎どのが健やかならば、それでよい」

「はあ、さようでございますか」

そうはいったものの、和四郎はどこか釈然としない顔だ。それでも気持ちを切り替えたように明るい口調で告げる。

「ときに湯瀬さま、我があるじの登兵衛がお会いしたいと申しております。是非とも別邸をおたずねいただけませんか」

「うむ、承知した。俺も登兵衛どのにお目にかかりたいゆえ」

「ところで湯瀬さま、今日はなにかご用事で出られたのでございますか」

「うむ、ちょっとな。野暮用《やぼよう》だ」

ちらりと顔を背《そむ》けて、直之進は茶店を見やった。

「あっ」

光右衛門がいなくなっている。いつの間にか茶店を出ていったのだ。あの狸《たぬき》親父め、やはり俺がつけているのを知っていたのではないのか。だが、これはまずい。とんでもないしくじりだ。

「和四郎どの、これで失礼する。また会おう。登兵衛どのによろしく伝えてくれ」

いきなり直之進があわてだしたことに、和四郎は面食らっている。

「は、はい、承知いたしました」

一目散に茶店に向かい、直之進は光右衛門を捜した。だが、どこにも見当たらない。

それでもあきらめることなく、直之進は一刻近く、あちらこちらと駆けずり回った。だが、結局、光右衛門を見つけることはできなかった。

——ああ、しくじった。

その場にへたり込みそうになった。

俺はいったいなにをしているのだ。もしこのあいだに米田屋の身に万が一のことが起きたらどうするのだ。

おきくたちに合わせる顔がない。

ふと気づくと、緋木瓜の花がそばに咲いているのに気づいた。とても美しい紅色をしている。なんとなく心の痛手を和らげてくれるような気がする。

うむ、いつまでもうなだれているわけにはいかぬ。ここは急ぎ戻り、おあきたちに正直に話さなければならぬ。

自らに命じて、直之進は歩き出した。

もしかしたら戻っているのではないか、と期待していたが、残念ながら米田屋に光右衛門の姿はなかった。

落胆したが、その思いを面に出すことなく、直之進はおあきたちにどういうことがあったか、説明を終えた。できるだけ言い訳しないように心がけた。

「申し訳ない」

畳に手をつき、直之進は謝った。

「湯瀬さま、お顔をお上げ下さい」

柔らかな声でいったのは、長女のおあきである。琢ノ介の妻になって、これまで以上にたおやかになったような気がする。

「湯瀬さまはなにも悪いことはしていません。体のことを省みず、おとっつあんが勝手にいなくなったのです。悪いのはおとっつあんですよ」

「だがな、俺は米田屋のことを調べてくれと頼まれたのだ。それなのに見失ってしまうなど、あってはならぬことだ」

「仕方ありませんよ」

今度はおれんが慰める。

「人というのは完璧ではありませんから、いくら凄腕の湯瀬さまといえども、おとっつあんを見失うことがあっても不思議はありません。今日はきっと湯瀬さまにご運がなかったのでしょう。次はきっと大丈夫ですから」

「湯瀬さま、本当に気になさらないで下さい」

最後はおきくがいった。

「とにかく、おとっつあんが勝手すぎるのです。少し体の具合がよくなったからって、勝手に出歩いて、そのうちきっとしっぺ返しを食らうにちがいありません」

「俺もそれが心配なのだ」

顔をゆがめて直之進はいった。

「米田屋がどこかで倒れるというようなことがなければよいが」

それからしばらく待ったが、光右衛門は帰ってこない。することもなく、直之進は出された茶をすすっていた。

「米田屋さん」

唐突に外から声が届いた。聞き覚えのある声だ。あれは、と直之進は立ち上がった。

「富士太郎《ふじたろう》さんではないか」

まだ得意先廻りから帰ってこない琢ノ介を除いた米田屋の全員が外に出た。

「ああ、直之進さんもいらっしゃっていたのですね」

いつものように定廻り同心の格好をした樺山《かばやま》富士太郎が路上に立っていた。背後に中間の珠吉《たまきち》が控えている。

「米田屋さんをお連れしました」

「おっ」

思わず直之進は目をみはった。迂闊《うかつ》なことに気づかなかったが、少し離れたところに四人の男が戸板を支えていた。その上に光右衛門が横たわっている。富士太郎が手を振ると、男たちが近づいてきた。どうやら、どこかの自身番の者たちのようだ。

「おとっつあん」

声を上げておきくたちが駆け寄る。

「おお、おまえたちか」

苦しげな声を出し、光右衛門が無理に笑顔をつくろうとする。

「米田屋、いったいどうしたのだ。富士太郎さん、なにがあった」

富士太郎にただしたが、とにかく中に運んでもらうほうがよい、と直之進は思い直した。

光右衛門が寝所に運び込まれ、すぐさま敷かれた布団に横になった。ふう、とほっとしたような息をつく。

「医者を呼んだほうがよいな」

光右衛門の様子をみていた直之進が、顔を上げていった。

「雄哲《ゆうてつ》先生は在宅だろうか」

雄哲は老中首座水野《みずの》伊豆守《いずのかみ》忠豊《ただとよ》の御典医である。下総《しもうさ》古河《こが》土井《どい》家に絡むある事件で直之進が手柄を立て、その褒美として、腕のよい御典医を光右衛門に差し向けてくれるよう登兵衛のあるじである勘定奉行の枝村《えだむら》伊左衛門《いざえもん》に頼んだのだ。そして、やってきたのが雄哲だった。

「私が行ってきます」

きりっとした声でいって、立ち上がったのはおきくである。

「いや、俺が行こう」

おきくを制して直之進はすっくと立った。

「俺のほうが足が速い。できるだけ早く来てもらったほうがよいからな。では、行ってくる。待っていてくれ」

「それならば、それがしもそこまで一緒に行きます」

珠吉を連れて富士太郎がついてきた。ちょうどよい、と直之進は米田屋の外に出て思った。事情を聞ける。おきくたちには自分が話せばよかろう。

おきくたちの見送りを受けて、直之進たちは駆け出した。

「米田屋はいったいどうしたのだ」

「実は根岸《ねぎし》の道場で倒れたのですよ」

「道場で。どういうことかな」

「それがしも詳しいことはわからないのです。自身番に寄って少し書役たちと話をしていたら、いきなり道場の大家が血相を変えてやってきたのですよ。人が倒れたっていうので、急いで駆けつけたら、そこにいたのが米田屋さんだったので、びっくりしてしまって。それで大あわてで運んできたのです」

光右衛門はどうして根岸の道場なんぞにいたのか。まさか今さら剣術を習おうなどという気があるはずがない。

となると、と直之進は思った。答えは一つか。

雄哲の屋敷の前に来た。老中首座の役宅がそばだから、わかりやすい。

「では、それがしは番所に戻ります。米田屋さん、大事ないといいですね」

「富士太郎さん、珠吉、かたじけない。ありがたかった」

にこりとして富士太郎が軽く手を振る。

「当たり前のことをしたまでです」

「とにかく感謝する。この借りはいつか必ず返す」

「いりませんよ。それがしたちは、貸しなどと思っていませんから」

明るくいって富士太郎が一礼し、珠吉とともに道を遠ざかってゆく。

雄哲の屋敷の門はあいていた。門番兼下男の扇吉《せんきち》の姿が見えない。門を入った直之進は玄関で訪いを入れた。

「おう、湯瀬どのではないか」

奥からあらわれた雄哲が破顔する。すぐに表情を引き締めた。

「なにかあったのか」

光右衛門が倒れたと直之進は告げた。

「そうか、すぐに行こう」

手招きし、雄哲が助手の若者を呼んだ。

「おまえは殿の屋敷に使いしてくれ。わしが少し留守する旨を伝えよ。わかったな」

「はい、承知いたしました」

助手がすぐさま駆け出した。

「扇吉、出かけるぞ」

大声で駕籠《かご》の用意を命ずると、すぐさま扇吉が出てきて、権門駕籠が横手からあらわれた。雄哲が乗り込む。

「急げっ」

寝所から全員を追い出して、雄哲が光右衛門の手当をはじめた。直之進は隣の間に一人陣取った。

四半刻後、雄哲の光右衛門に話しかける高い声が響いてきた。

「米田屋どの」

「はい」

光右衛門が殊勝に答える。

「こんな無理をしていては、いつ血を吐くかわからない。もし血を吐いたら、その時はいったいどうなるか。とにかくこのまま安静にしていなさい。調子がよいからといって、出歩くなど、言語道断。わかったかな」

「はい、わかりました」

「薬を処方したゆえ、これを煎《せん》じて飲むように。いつ飲んでもよろしい。たくさん飲めば飲むほどよい」

「はいはい」

「恐ろしく苦いが、とてもよく効く薬ゆえ、ちゃんと飲むように」

「わかりました」

襖《ふすま》をあけて、雄哲が出てきた。

「ありがとうございました」

顔を並べて直之進たちは礼を述べた。

「米田屋さんから目を離さぬように。今日は大事に至らずよかったが、今度倒れたら、どうなることか。それから、この薬を必ず飲ませるようにな」

「承知いたしました」

「では、これで」

権門駕籠に乗り込んで、雄哲が急いで帰っていった。

ありがとうございました、と見送りに出た直之進たちは再び声をそろえた。

きびすを返した直之進は、光右衛門の寝所の前に立った。

「米田屋」

「その声は湯瀬さまでございますね。お入り下さい」

襖をあけ、直之進は足を踏み入れた。枕元に静かに座る。布団に横たわった光右衛門が細い目で見上げる。顔色はよくない。ひどく青く、唇はかさかさだ。

「米田屋、どうして根岸の道場などにいたのだ」

眠らせたほうがよいと思いつつ、直之進としてはたださずにはいられなかった。

「俺はおぬしのあとをつけていたのだ。それなのに、撒かれてしまった」

「えっ、まことでございますか」

意外そうに光右衛門が目を見ひらく。

「手前が湯瀬さまを撒く日がくるなど、思いもいたしませんでしたよ。しかし湯瀬さま、気に病まれることはございません。手前が倒れたのは、湯瀬さまのせいではありませんからね」

「そうはいってもな」

苦い思いを嚙み殺して、直之進は光右衛門の顔をのぞき込んだ。

「それで、米田屋、どうして道場にいたのだ」

「湯瀬さま、もうお気づきになっているのではございませんか」

「おぬしの口から聞きたい」

さようでございますか、と光右衛門が微笑を浮かべていった。その笑みのはかなさに、直之進は胸を打たれた。

「手前は、湯瀬さまの行く末が気になって仕方がないのでございますよ」

「うむ、それで」

「手前は、倒れて以来、ずっと道場を物色していたのでございます。こんな体になってしまい、もう猶予はない。自分が生きているうちに湯瀬さまのために道場を見つけ、手に入れておきたい。できれば湯瀬さまに店に入ってほしかったのですが、今はもう平川さまで十分でございます」

疲れたように光右衛門が言葉を切る。

「眠るか」

「いえ、大丈夫でございます」

直之進は、けほけほと妙な咳《せき》をする光右衛門の体が気にかかった。

「湯瀬さまはやはり剣に生きるべきでございます。手前は、湯瀬さまの夢をかなえてさしあげたいという思いで一杯なのでございますよ」

こんな体になっても、俺のことを考えてくれるのか。直之進は胸が熱くなった。なんとしても、光右衛門の病を治したい。

「米田屋」

腕を伸ばし、直之進はやせ細った手をそうっと握った。

「頼むから、長生きしてくれ。お願いだから、病を治してくれ。頼む」

穏やかに光右衛門がほほえむ。

「湯瀬さまにそういっていただけて、手前はうれしいですよ、まことありがたいお言葉ですなあ。その言葉だけで、手前、元気になれそうな心持ちになりますよ」

言葉を途切れさせて、光右衛門が目を閉じた。

すうすうと寝息を立て、眠りはじめていた。

米田屋、と直之進は心で呼びかけた。

生きて生きて生き抜いてくれ。

第二章

一

戸口に立った。

自分の影が腰高障子《こしだかしょうじ》に薄く映り込む。昨日は晴れていたが、今日は曇りで、大気がよりいっそう冷たく感じられる。

「湯瀬か」

中から物静かな声がかかる。

「入れ。遠慮はいらぬ」

腰高障子を横に引き、直之進は足を踏み入れた。火鉢に火が入れられているのか、中はあたたかい。土間に立ち、後ろ手に腰高障子を閉めた直之進は佐之助《さのすけ》に顔を向けた。

厚手の掻巻《かいまき》を着て、佐之助は文机《ふづくえ》の前に座り込んでいる。

「せっかく来てくれたのに、こんな格好ですまぬ」

「気にするな。倉田《くらた》、一人か」

「見ての通りだ。千勢《ちせ》は典楽寺《てんがくじ》に行っている。お咲希《さき》は手習所だ」

典楽寺には岳覧《がくらん》という住職がおり、千勢は以前、頼まれて身のまわりの世話や家事をしていた。しばらくその仕事を控えていたようだが、再び通うようになったということは、それだけ佐之助の具合がよくなった証《あかし》だろう。

真剣な顔で直之進は佐之助をじっと見た。ふむ、と声を漏らす。

「確かに顔色はよいな」

「そうだろう」

にこやかに佐之助がほほえむ。その笑顔がずいぶん明るくて、直之進の心は弾んだ。

「体も軽くなってきた。散歩くらいならば、できるようになったぞ」

「ほう、そいつはよかった」

「湯瀬、そんなところに突っ立ってないで、上がれ」

うなずいて、直之進はその言葉に甘えた。刀を自らの右側に置き、佐之助の向かいに正座する。

「遠慮はいらぬ。膝を崩せ」

「いや、そういうわけにはいかぬ」

搔巻の襟元《えりもと》を直して、佐之助が笑う。

「相変わらず堅い男だ」

「気性はそうそう変えられぬ」

「湯瀬、寒くはないか」

「寒くはない」

ふふ、と佐之助が笑みをこぼす。

「無理をするな。おぬしは駿州《すんしゅう》沼里《ぬまざと》の出だ。慣れたとはいっても、江戸の寒さはつらかろう。当たるがいい」

火鉢を押してきた。両手をかざして、直之進はふうと息をついた。

「やはりありがたいな」

「そうだろう」

佐之助も手を前に出して、火に当たる。

「それで湯瀬、今日は何用だ」

「見舞いだ。こいつは土産《みやげ》だ」

持参した包みを前に滑らせる。

「いいにおいがしているな」

「焼き立てのみたらし団子《だんご》だ。好物か」

「ああ。以前は甘い物ものなどほとんど食さなかったが、最近はお咲希につき合ってよく食べるようになった。ずっと寝ていると、食べることだけが楽しみになってくる。かたじけない」

「腹は空いておらぬか」

今は、昼を半刻ほど過ぎた時分である。

「あまり空いておらぬ。昼餉《ひるげ》を食べたばかりゆえな」

「昼餉は自分でつくったのか」

「いや、出かける前に千勢が塩鮭を焼いてくれた。それをおかずに冷や飯を食した」

「うまかったか」

「うむ、とてもうまかった」

顔を上げた佐之助が、みたらし団子の包みに顎をしゃくる。

「湯瀬、一緒に食べぬか」

「腹は空いておらぬのだろう」

「なに、団子なら食べられそうだ。それに、熱いうちに食べたほうがうまかろう。一人で食べるより二人で食べたほうがうまいしな。お咲希も千勢もまだ当分帰ってこぬ」

「ならば、食べるか」

「どれどれ」

佐之助が包みをひらき、畳に置いた。中には十本のみたらし団子が入っている。

「これはまた、ずいぶんと奮発したものだ」

「おぬしら家人三人でと考えたのだ」

「そうか。実にうまそうだ」

二人は手を伸ばし、団子をほおばった。

「まわりがぱりっとし、中はしっとりとしている。それに、たれがあまり甘くないのがよいな。俺の好みだ。名のある店か」

「評判の店かどうかは知らぬ。前に買ったとき、うまかったのを覚えていただけだ」

直之進と佐之助は、二本ずつ食べた。

「あとは、お咲希ちゃんと千勢どのに残しておけ。この団子なら冷めてもうまかろう」

「そうだな。ならば、そうさせてもらおう」

佐之助が大事そうに包みを閉じる。

「茶も出さんですまぬな」

「いや、かまわぬ」

真顔になり、佐之助がじっと見てきた。

「湯瀬、米田屋の具合、よくないのか」

「ああ、あまりよくない」

そうか、と佐之助がつぶやく。

「薬は」

「もちろん飲んでいるが、俺が見るところ、気休めに過ぎぬ」

「湯瀬、よもや完治をあきらめたわけではあるまいな」

「あきらめてはおらぬ。俺の舅《しゅうと》になる男だ。精一杯手を尽くそうと考えているが、今のところ、一番よいのは、米田屋に思い残すことがないよう、したいことを存分にさせてやることだけだ。そういうことをして、治った患者が実際にいたそうだ」

「そうか。そうなればよいな」

「うむ、なってくれると俺は信じておる」

「米田屋は自分の病のことを知っているのだったな」

「うむ、俺が話した。頼まれたゆえ、断れなかった」

「そうか」

佐之助の面に気がかりそうな色があらわれたのを、直之進は見た。

「黙っていたほうがよかったか」

「さて、わからぬ。男は元来、気が弱いゆえ、黙っていたほうがいいこともあると、以前、腕のよい町医者に聞いたことがある。女は強いゆえ、話しても変わらぬとのことだった」

「話してしまったのは、しくじりだったか」

「そうとも限らぬ。俺の友垣だった男の父親は、やはり胃の腑《ふ》にしこりができたのだが、そのことを伝えられたことで、逆に病などに負けるものか、と気力を奮い起こし、それから十数年生きた。だから、どちらがよいともいいきれぬのだ」

「そうか、十数年も生きた者がおるのか。いいことを聞かせてもらった」

感謝の目で直之進は佐之助を見た。

「米田屋のことだ、十数年どころか二十年ぐらい生きるかもしれぬぞ。あの男、しぶとそうだからな」

「そういってもらえると気持ちが楽になる」

「俺もなにかの役に立ちたい。胃の腑のしこりについて、調べたり人にきいたりしてみよう」

「かたじけない。しかし倉田、無理はせんでくれ。まずは自分の体を治すほうが先だぞ」

「よくわかっている」

畳に膝をそろえ、直之進は一礼した。

「俺はこれで失礼する」

「そうか、帰るか」

「うむ、あまり長居しては、おぬしの体に障《さわ》ろう」

「そんなことはない。さっきもいったが、もう散歩もできるのだ」

「そうだったな。おぬし、治りが早いな」

「傷の治りが早いのが、幼い頃からの自慢よ。湯瀬、おぬしもそうではないのか」

にこりとして直之進は深くうなずいた。

「実はその通りだ」

「やはりそうか。俺とおぬしは、どこか似ているところがあるゆえ、そうではないかと思ったのだ」

「俺とおぬしが似ているか。以前は、そんなことを考えたことすらなかった。もしそういわれたら、以前の俺ならきっと気を悪くしていただろう」

刀を手に、直之進は立ち上がった。佐之助も立って搔巻を着直した。土間に下りて雪駄《せった》を履き、直之進はくるりと振り返った。佐之助と目が合う。

「倉田、ではこれでな」

「うむ」

腰高障子をあけ、直之進は外に出た。途端に寒風が素足に絡みつき、火鉢にあたためられた体があっという間に冷えはじめる。腰高障子を静かに閉め、直之進は歩き出した。すぐに手の指がかじかみ、足の先が痛くなってきた。暦は春だというのに、まだ名ばかりだ。本当に江戸の冬は厳しい。あたたかな沼里が恋しくて仕方がなくなる。

しかし、寒さがこたえているなどという顔は一切せず、直之進は足を動かし続けた。このあたりは侍としての矜持《きょうじ》である。寒がっているなどと、町人たちに思われたくない。やせ我慢に過ぎないが、こういうことができるかできぬか、そんな小さな事が武家と町人の大きな分かれ目なのではないかと直之進は思っている。できなくなったら、侍は捨てたほうがいい。

歩き続けた直之進は神田《かんだ》に入った。途中、人が何人か列を作っていた饅頭屋《まんじゅうや》で饅頭を買い求めた。竹皮に包まれた饅頭は、蒸し立てで、ほかほかとあたたかい。

竹皮包みを手にして歩を進め、神田小川町《おがわちょう》に入った直之進は一軒の家の前に立った。門はあいており、失礼いたします、と大きな声を出してくぐった。

玄関に向かおうとして、すぐにとどまった。以前、庭のほうにじかに来ればよい、といわれていたのを思い出したのだ。左に折れた直之進は丸い敷石を踏んで、枝折戸《しおりど》を押した。失礼いたします、ともう一度いって草木の手入れが行き届いた庭に足を踏み入れた。

「おう、直之進ではないか」

濡縁《ぬれえん》にあぐらをかいて書物を読んでいた房興《ふさおき》が顔を上げ、呼びかける。

直之進は深々と腰を折った。

「房興さま、お元気そうでなによりでございます」

「うむ。直之進も息災《そくさい》そうだ」

破顔した房興がそっと書物を閉じ、直之進を見つめる。

「仁埜丞の見舞いに来たのだな」

「はっ、さようにございます」

「仁埜丞は奥で横になっているが、直之進が来たと知ったら、起きるのではないかな。直之進、さあ、上がってくれ」

すっくと立ち上がった房興が手招く。

「では、お言葉に甘えて」

沓脱石《くつぬぎいし》で雪駄を脱ぎ、濡縁に上がった。

廊下を進み、腰高障子の前で足を止めた房興が、仁埜丞、と声をかけた。

「直之進が見舞いに来てくれたぞ」

腰高障子をあけ、房興が中に入る。すぐさま直之進も続いた。

やりとりが聞こえていたのか仁埜丞はすでに起き上がり、布団の上に正座していた。搔巻を着込んでいるのは、佐之助と同じだ。この部屋にも火が入れられ、ほんわかとしたあたたかみに満ちていた。

「直之進、早く当たれ」

にこりとした仁埜丞にいわれた。

「おぬしは名うての寒がりであろう」

突っ立ったまま、直之進は目をみはった。

「なにゆえ、それがしが寒がりだとおわかりになるのです」

くすくすと仁埜丞が笑った。

「見ればわかる。その顔のこわばりようは、今日の寒さによほどまいったゆえだろう」

いわれて直之進はぱちぱちと自らの頰を叩いてみた。あまりの冷たさにびっくりした。

「隠しようがないということですね」

首を振り振り直之進は正座し、両手を火鉢にかざした。薬缶《やかん》がのせられ、しゅんしゅんと湯気を吐いている。

「ふう、あたたかい」

「正直な男よ」

にこにこと房興が笑《え》む。

「房興さま、お口汚しですが、これをどうぞ」

竹皮包みを差し出す。

「なにやらよいにおいがしておるな。饅頭か」

「さようにございます」

「うれしいな。仁埜丞、さっそくいただこうではないか」

「殿は甘い物に目がありませぬな」

「うむ、一番好きだ。どれ、茶をいれよう。茶と甘い物は実によく合うゆえな」

「房興さまがお茶をいれられるのですか」

驚いて直之進はきいた。

「直之進、なにかおかしいか」

「大名の弟御で、自ら茶をいれられるお方は、そうはいらっしゃらぬだろうと思いまして」

「仁埜丞はまだ自由に動けぬし、今日は芳絵《よしえ》どのが不在なのだ。こう見えてもわしは茶をいれるのは得手《えて》だ。直之進はできるのか」

「もちろんでございます」

ふふ、と房興が微笑する。

「では頼むか、といいたいところだが、直之進にやらせてはとんでもなく苦い茶が出てきそうだ。やはり余がいれよう」

房興が手を伸ばし、小簞笥《こだんす》の引出しから茶壺を取り出した。慣れた手つきで急須《きゅうす》に茶葉を入れ、火鉢の上にのっている薬缶の湯を冷ますため、三つの湯飲みにていねいに注《つ》いでゆく。

「お師匠、お加減はいかがでございますか」

じっと顔を見つめながら、直之進は川藤仁埜丞にたずねた。顔色は悪くないが、まだ以前の生気を取り戻しているわけではない。

「うむ、だいぶよい」

右腕を上げて、仁埜丞が軽く伸びをして見せた。

「こうしてももう痛くない。傷痕が少し引きつるだけだ。自分の力で起き上がることもできるようになった」

仁埜丞は七年ほど前、先代の尾張藩主の要望で御前試合を行い、名古屋一の遺い手といわれた員弁兜太《いなべとうた》に左腕の肘を砕かれた。以来、仁埜丞の左腕は動かない。員弁もその折り、左目を失った。

「医者には、あと数日で歩くことができるといわれた」

湯加減をみていた房興が急須に湯をもどし、温められた湯飲みに茶を注いで言葉を添える。

「それはようございました」

「うむ、わしもよかったと心から思う」

慈愛に満ちた目で房興が仁埜丞を見やる。

「直之進、近々剣の稽古も再開できるはずだ。楽しみであろう。わしもそなたたちの立ち合いを見られると思うとうれしくてならぬ。——直之進、さあ、飲んでくれ」

房興が茶托《ちゃたく》の上にのせた湯飲みを滑らせてきた。

「これはかたじけなく存じます」

湯飲みを仁埜丞の前にも置き、房興が直之進に忠告する。

「直之進、まだ熱いかもしれぬ。あまりあわてて飲まぬようにな」

「はっ、気をつけます」

直之進たちはゆっくりと饅頭をほおばった。ほどよい甘味が口中に広がる。饅頭が胃に収まるころ、茶は飲みごろになっていた。

「ふう、うまいの。餡《あん》がしっとりとして上品な味よの。この厚めの皮《がわ》もほんのりとよい香りがして、なかなかよいの」

「お茶もとてもおいしゅうございます」

「直之進、口がうまいの」

「本心でございます。甘みと苦みがよく調和し、房興さまのおっしゃる通り、この饅頭によく合います」

「うむ、その通りだな。それにしても、この饅頭はうまいぞ。直之進、どこで買い求めた」

「こちらにまいる途中でございます。店の名は鵜坂《うさか》でございました」

「ここから近いか」

「五町ばかり西へ行ったところでございます」

「わかった。鵜坂か。覚えておこう」

饅頭は十ほど包みに入っていたが、もう残りが四つになった。

「少しは残しておかぬと、芳絵どのに叱られよう」

「芳絵どのは、どちらに行かれたのです」

「ちと清本《きよもと》家の屋敷に戻っておる」

芳絵は三千石の大身旗本清本家の姫君である。幼いころから剣術が好きで、気がつけば清本家一の遣い手にまでなっていた。とんだ跳ねっ返りで、家を飛び出し、やくざ一家が取り仕切る賭場の用心棒をしていたくらいだ。

「お屋敷でなにかあったのでございますか」

「いや、大層なことではない。まだまだ寒いが、春も近づいてきたゆえ、着替えを取りに戻ったのだ。いかにもおなごらしいではないか。直之進、そうは思わぬか」

「剣術をやめたと聞かされたときは驚きましたが、芳絵どのはおなごとして徐々に目覚めてきているのだと拝察いたします」

「うむ、女らしくなっておる。もともと育ちはよいゆえ、所作《しょさ》もきちんとしつけられている」

にっこりと房興が笑いかけてくる。

「芳絵どのに会えず、直之進は残念か」

「その通りにございます。屈託《くったく》のないあの明るい笑顔を目の当たりにすると、ほっとします」

「おぬしにはおきくがおるではないか。まさか目移りしたわけではあるまいな」

「それはございませぬ」

きっぱりといい切り、直之進は胸を張った。

不意に、房興と仁埜丞が表情を引き締めた。

「米田屋の具合はどうだ」

気がかりを面に出して房興がきく。

「あまりよいとはいえませぬ」

「そうか。御典医はなんとおっしゃっている」

「今は好きなことを存分にさせるように、と」

暗い顔になった房興が下を向いた。

「治ってほしいの」

「はい。それがし、今はそれだけを願っております」

「わしも祈ろう。わしたちになにかできることがあれば、直之進、遠慮せずいうてくれ」

「はっ、ありがたきお言葉に存じます」

心からの感謝を口にして、直之進は房興たちの前を辞した。寒風に吹かれつつ、米田屋のある小日向東古川町《こひなたひがしふるかわちょう》へと道を取った。先ほどより一段と冷えている。空を見上げると、雪雲らしい雲が覆いはじめている。今夜あたり、雪が降るかもしれない。

急ぎ足で歩いている最中、直之進は、あっ、と声を出して足を止めた。この寒い中、花嫁行列に出会ったのだ。あでやかな打掛《うちかけ》をまとい、鼈甲《べっこう》の髪飾りがきらめいている。日はまだ高いが、黒の紋付《もんつき》を着込んだ提灯《ちょうちん》持ちが先導している。花嫁の後ろをぞろぞろと家人や親戚の者たちがついていく。

しばし直之進は見とれた。早くおきくに花嫁衣装を着せてあげなければ、と思う。花嫁行列はゆっくりと路地に入り、やがて見えなくなった。ふう、と直之進の口から自然に吐息が漏れた。

ふと、横合いから近づいてくる男がいた。一瞬、直之進は身構え、刀にさっと手を置いた。

ぎょっとして男が身を引く。

「おっ、なんだ、その剣呑《けんのん》な態度は。いま刀を抜こうとしなかったか」

刀から手を離して、直之進は目を向けた。

「おぬしは」

以前、酒に飲まれたふりをして暴れてみせ、そのまま酒代を踏み倒そうと一芝居打った浪人である。業物《わざもの》の刀を振り回していたが、今日もその刀を腰に帯びている。

「湯瀬直之進どの、おぬし、命でも狙われているのか」

目を丸くして浪人がきいてきた。前と変わらず、どこか人なつこい口調だ。一朱の酒代を貸したとき、返しに来るように名と長屋の場所を教えた。この浪人が名を知っているのは妙なことではない。

「今は狙われておらぬ」

「では、以前はあったということか」

直之進は鬢を指先でかいた。

「かもしれぬ」

一歩下がって浪人が直之進を見る。

「湯瀬どのは腕がすばらしく立つものなあ。それは、実戦で培《つちか》われたものか」

「そうでもない」

「そうか、厳しい鍛練《たんれん》を積んだのだろうな。それでなければ、そこまでの腕にはならぬ」

　感心したように浪人が直之進を見やる。

「俺は実戦の経験はないのだが、やはり真剣でやり合うのは怖ろしいものなのか」

　怖い、と直之進は心中で答えた。その怖さを押し潰すように勇気を振りしぼり、刀を振るうのだ。

　直之進がなにもいわないので、浪人は別の話題を振ってきた。

「湯瀬どのは、花嫁行列に見とれていたな」

　別にこの浪人につき合う気はなく、直之進は歩き出した。すぐさま浪人がついてくる。浪人は別段殺気を発しているわけではなく、無防備な背中を見せていても、大丈夫だろうと直之進は判断した。仮に斬りかかられても、すぐに対処できるだけの備えはできている。

「花嫁行列は、きれいだったな」

「ああ」

　直之進は背中で答えた。

「湯瀬どのが見とれる理由があるのか」

「ないわけではない」

「湯瀬どの、内儀は」

「おらぬ」

「その歳でか。まさか別れたわけではなかろうな」

答える気はなく直之進は無言で歩き続けた。

「許嫁《いいなずけ》はおらぬのか」

ぴたりと立ち止まり、直之進は振り向いた。ぶつかりそうになり、浪人があわてて止まる。

「おう、びっくりした」

「なにゆえついてくる」

「まだ用事が済んでおらぬからだ」

「用事というと」

「湯瀬どのに金を借りた。それを返そうと思ってな」

「まことか」

「嘘をついても仕方なかろう」

懐から財布を取り出し、浪人は一朱銀を渡してきた。

「返したぞ」

「うむ、確かに受け取った」

「利子は出せぬが、かまわぬな」

「うむ、かまわぬ」

もともと捨てたものと考えていたのだ。まさか戻ってくるとは思わなかった。思わぬ拾い物をした気分だ。一朱銀を財布に落とし込んで、直之進は再び歩き出そうとした。

「俺の名をきかぬのか」

いわれて直之進は浪人を見つめた。

「なんという」

「堅田《かただ》種之助《たねのすけ》だ」

種之助とは珍しい名だな、と直之進は思ったが、むろんその思いは口に出さない。

「いま珍しい名だと思っただろう」

「よくわかるな」

「種之助という名はそうそうあるものではないゆえ。どういうつもりか知らぬが、父がつけたのだ」

　そうか、といって直之進は足を踏み出そうとした。

「湯瀬どのの長屋には、何度か足を運んだのだが、おぬしは残念ながらおらなんだ」

「それはすまぬことをしたな。確かに留守にしていることが多いのだ」

「そうか、湯瀬どのは忙しいのだな。おぬしも俺と同じ浪人にしか見えぬが、なにを生業《なりわい》にしているのだ」

「生業らしいものはなにもない」

　だからこそ、光右衛門は剣術道場を持たせようとしてくれたのだ。光右衛門が倒れたのは、この俺のせいではないか。涙がにじみそうになってきた。

「なんだ、急に暗くなったな」

　自分の顔のことをいわれたのかと直之進は思ったが、そうではなく、種之助は上空を見上げている。

「ずいぶん雲が厚くなってきた。本当に雪が降るかもしれぬな」

「雪には慣れているのか」

　きかれた種之助が意外そうな目を直之進に向ける。

「どうしてそのようなことをきく」

「いや、さほど寒そうにしておらぬと思ってな。俺とはちがう」

「湯瀬どのは寒いのが苦手か」

「ああ」

「暖国の出か」

「そうだ」

「俺は寒い国からやってきた。このくらいの寒さなら、なんということもない。——おっ」

目をみはった種之助が、つと狭い路地に身を入れた。

「どうした」

問いかけたが、種之助は路地の奥に入り込んだまま出てこない。しばらくして出てきたが、塀の陰に体を寄せ、そこから遠くをうかがうような目をしている。

ふう、と息をついて直之進に近づいてきた。

「どうしたのだ」

「実は俺は仇《かたき》持ちなのだ」

「なに。仇に追われているのか」

直之進は目をみはった。

「そうだ。こいつが原因だ」

腰の刀に触れ、種之助が苦い顔になる。

「どういうことだ」

「この刀を俺の父から騙し取った者がいたのだ。ちょっと借りるだけといって、それきり返さなかった。もう亡くなったが、父は人がよくてな、その者を信用していた。同じ職場の同僚だった」

「仇持ちということは、おぬし、その者を」

うむ、と種之助が顎を引く。

「刀を取り戻しに行ったときにもみ合いになり、相手を押し倒した。むろん俺に殺すつもりなどなかったが、相手は柱にひどく頭を打ちつけてしまったのだ。白目をむき、すでに息をしていなかった」

なんと、と直之進は思った。

「俺は動転し、刀を手にそのまま逐電《ちくでん》したのだ。当てなどなかったが、目指すところは江戸しか考えられなんだ。この町に着いたのがおよそ三月《みつき》前のことだ。以来、ずっとここそこ隠れて暮らしておる。だが、生来の酒好きゆえ、この前のようなことをせざるを得ぬ」

　この種之助という男にはそんな事情があったのか、人はわからぬものだと直之進は思った。

「今、おぬしを捜し回る者がいたのか」

「湯瀬どの、信じたか」

　にやりと笑いかけ、種之助が楽しそうな顔つきになる。

「今のは作り話か」

「そうだ。もし俺が仇持ちならば、いくらおぬしを信用したといっても、二度目の対面でそこまで深い話をするわけがないではないか。おぬしも人がよいな」

「騙すより騙されるほうがよい」

　にこりとして、種之助が深くうなずく。

「よい心がけだ。誰の教えだ」

「母上だ」

　そうか、と表情を和ませて種之助がいった。

「よい母上だな。ご存命か」

「いや」

「そいつは残念だ。ではな」

軽く手を上げ、風に吹かれるように種之助が歩きはじめた。路地に入り、姿はすぐに見えなくなった。

先ほどの話は、と直之進は考えた。本当に作り話なのだろうか。

二

平伏した。

「鹿久馬《かくま》、久しいの」

穏やかな声が頭上から降ってくる。

「はっ」

滝上《たきがみ》鹿久馬は畳に額《ひたい》をこすりつけた。

「顔を上げよ」

いわれた通りにして鹿久馬は、控えめな目を向けた。

床《とこ》の間《ま》を背にして、翁《おきな》の能面をつけた者が座っている。背筋を伸ばした姿は、ほれぼれするほど美しい。それは昔から変わらない。

「息災そうでなによりじゃの」

「ありがたきお言葉にございます」

「鹿久馬、今日よりこの身を天馬《てんば》と呼ぶがよいぞ」

「てんば、でございますか」

「うむ、前からそう呼ばれておったであろう」

「はっ、さようにございました」

鹿久馬、と天馬が呼びかけてきた。

「使いが来たときは、うれしかったぞ」

天馬は、鹿久馬の主筋に当たるのだ。

「誰から狙う」

翁面が舌なめずりしたように見えた。

「まずは平川琢ノ介にございます」

そうかというように翁面が軽く引かれる。

「かの男はすでに見張っております。きゃつの動きは逐一《ちくいち》入ってまいります」

「そうか。万事、そつなく進んでいるのだな」

「御意《ぎょい》」

「楽しみだの」

つぶやくようにいって天馬が身を乗り出す。

「どのような殺し方をする」

「大太刀で斬り殺します」

「大丈夫か、やれるか」

「もちろんにございます。天馬さまに、必ずや朗報をお届けいたします」

「うむ、待っておる。だが鹿久馬、決して無理をするでないぞ。そなたを失うほうが、よほどつらいからの」

天馬の言葉に胸を打たれ、鹿久馬は平伏した。

「ありがたきお言葉にございます」

翁面がわずかにうなずき、二つの目が鹿久馬を見つめる。

「今から行くのか」

「はっ、支度がございますゆえ」

「そうか。朗報を持ってきてくれ」

「はっ、必ずや」

深々と頭を下げた鹿久馬は立ち上がり、その場をあとにしようとした。背中に粘っこい目が張りついている。天馬がじっと見ているのだ。

外に出て、鹿久馬は雪駄を履いた。かなり寒い。まだ昼過ぎというのに、ずいぶん暗くなっている。夕方のようだ。

手入れの行き届いた庭を足早に歩く。緋木瓜の花が寒風に揺れている。手を伸ばし、鹿久馬はちぎって花を袂《たもと》に落とし込んだ。

それにしても天馬とは、と鹿久馬は楽しかった。我知らず笑みがこぼれ出る。よく考えたものだ。

あのお方のためならば、と鹿久馬は顔を引き締めた。俺はなんでもできる。必ず平川琢ノ介をあの世に送ってやる。

三

気になった。

先ほど店にやってきた町人がいっていたことが頭から離れない。

よし、今からでも行ってみるか。

そんなことを考え、帳簿をぱたりと閉じて琢ノ介は腰を上げた。

昼までずっと帳簿とにらめっこをしていた。さすがに目が疲れ、帳簿に集中できなくなっていた。気分を変えたいという思いもある。

「お出かけですか」

店のほうに顔をのぞかせたおあきがきく。今の流行《はやり》で眉を落としていないが、どこか人の女房らしい、しっとりとした落ち着きが出ている。我が妻ながら、人に誇りたくなるような美しさだ。しばしのあいだ琢ノ介はぼうっと見ていた。

「どうしたの」

おあきにいわれ、琢ノ介は我に返った。

「そなたに見とれてしまった」

口に手を当て、おあきがくすくす笑う。

「もう一緒になったのに、そんなことをおっしゃるなんて」

おあきは歩み寄ると、そっと抱きついてきた。

「あなた、大好きよ」

「わ、わしもだ」

かあっ、と頭に血がのぼり、琢ノ介はおあきを抱き寄せ、口を吸おうとした。

だが、つぶらな瞳が見上げているのに気づいた。

「あっ、祥吉《しょうきち》」

「えっ」

あわてておあきが離れる。

「祥吉、いつからそこにいたんだ」

「いつからって、さっきからだよ」

「そ、そうか。いるならいるっていってくれるとありがたい」

「うん、今度からはそうするよ。でもおいらは、おっかさんとおとっつあんが仲よくしているのを見るのは、大好きだよ」

「そうか、ありがとう。わしのことをおとっつあんと呼んでくれるのだな」

腰にしがみつき、祥吉が琢ノ介を仰ぎ見る。その瞳に不安そうな色が浮かんでいた。

「おとっつあん、おいらも大好きだよ」

「わしも祥吉のことが大好きだ」

「――だから、死んじゃ駄目だよ」

「祥吉、なにをいうの」

かがみ込んで、おあきが祥吉の顔を間近にみる。

「おとっつあんは死にやしないわよ。縁起でもないこと、いわないの」

「そうだよね。あれはきっと逆夢《さかゆめ》だよね」

琢ノ介も腰を折り、祥吉の顔をのぞき込んだ。

「わしが死ぬ夢を見たのか」

「――うん」

「いつだ。朝起きたときはそんなことはいっていなかったな」

「さっきだよ。ちょっとうたた寝してるときに……」

「わしはどんなふうに死んだんだ」

眉を曇らせ、祥吉がためらう。

「大丈夫だ。どんなことをいわれても、わしは気にせん。祥吉、いってくれ」

わかったよ、とつぶやいた祥吉の目に、涙があふれそうになった。

「――斬られたんだよ」

喉《のど》の奥からしぼり出すような声を上げて、祥吉が答えた。泣かないようにと我慢しているのだ。無理もない。人が斬られる夢を見ただけでも恐かったろうに、ましてやそれが、父親になったばかりの琢ノ介が斬られたのだ。

「誰に斬られた」

琢ノ介がたずねると、うつむいたまま祥吉が必死に思い出そうとしていた。

「多分……、お侍」

「侍か。どんな男だった」

「わからない。顔は見えなかったから」

「祥吉から見て、侍は後ろを向いていたということか」

「そうだよ。前からおとっつあんが歩いてきて、いきなり抜き打ちにしたんだよ」

両手で顔を押さえ、祥吉がしゃがみ込んだ。

「袈裟懸《けさが》けっていうのかな、おとっつあんの肩のあたりから、いっぱい血があふれ出て……。おいら、おとっつあん、って叫んだけど、おとっつあんは地面に倒れてぴくりともしなかった。おとっつあんを殺した侍は、そのまますたすたと行ってしまったんだよ」

とうとう我慢しきれなくなった祥吉が、泣き出した。

おととしの冬、祥吉の実の父親甚八《じんぱち》が雑司ケ谷で殺されている。考えてみれば、実の父親を亡くしてから、まだ一年ほどしか経っていないのだ。祥吉が泣くのは無理もない。

もしこれが正夢なら容易ならぬことだ、と琢ノ介は思った。

「祥吉」

手を伸ばして祥吉を立ち上がらせた。涙でくしゃくしゃになった祥吉の顔を、琢ノ介は両手で優しく包み込んだ。

「大丈夫だ。おとっつあんは死にやせん。安心しろ。おまえたちを置いて、死ねるわけがなかろう」

「――そうだよね」

「あなた、今日は出かけるのはおよしになったら」

真剣な顔でおあきがいった。そうしたほうがよいだろうか、と琢ノ介も考えた。だが、正夢ではないのではないか、という気もせぬでもない。それになによりり、命を狙われる理由がわからない。辻斬りだろうか。

「祥吉、夢は昼間だったか」

「真っ昼間……。なにか桜みたいな花が咲いていた」

昼間ならば、さすがに辻斬りというのは考えにくい。桜みたいな花というのが、気にかかった
「祥吉が見た花は桜じゃないのだな。梅かな」

「梅じゃないよ……」

「桃か」

「うん、そうかもしれない」

寒木瓜はどうだろうか、と琢ノ介はこの前、蕎麦屋の店先で見た花を思い出した。だが、寒木瓜といえば、鮮やかな赤い花をつける。桜とはかなり趣がちがう。

「とにかく行ってくる。夢に脅えてなにもできぬというのは、男として情けない」

「本当にお出かけになるのですか」

不安そうな声でおあきがいった。

「うん、そうする」

「どちらに……。得意先廻りですか」

「いや、ちと気になる噂《うわさ》を聞き込んだゆえ、根岸に行ってくる」

「気になる噂……」

「根岸で天狗《てんぐ》が出るというのだ。その真偽をどうしても確かめたくてな。この前、おさよさんという娘を福天屋のご隠居に妾奉公で世話したから、気になって仕方がない」

「そのおさよさんのことが気になっているのではないのですね」

「正直にいおう。気になっている」

えっ、とおあきが目をむく。

「だが、それは客として気にかかっているだけだ。菱田屋紺右衛門《ひしだやこんえもん》さんの用心棒についたとき、わしはあの人にいろいろと商売のことを教わった。自分の店を介して世話した人は、とことん面倒を見るべきだ、ということも、紺右衛門さんに教わったことの一つだ」

小石川下冨坂町《こいしかわしもとみさかちょう》に店をかまえる口入屋の菱田屋紺右衛門は、武家やお店に世話した二千人ほどの顔と名をすべて覚えているという。その上で常に奉公先に赴き、世話した者たちを気にかけている。

「惚《ほ》れた腫《は》れたという気持ちはないのですね」

「あるわけがない。わしはずっとおあきさん、いや、おあきが好きだった。夢がかなってそなたが女房になってくれた。その女房を裏切るような真似ができるはずがない」

おあきがほっとした笑みを見せる。

「それを聞いて安心しました。でもあなた、本当に気をつけて下さいね」

「うむ、気をつけよう」

念のために脇差《わきざし》だけは所持することにした。

大刀は侍を捨てた以上、もう二度と持つことはない。初めて刀を帯びずに歩いたとき、腰が定まらず、ふらつくのではないかと案じていたが、それはただの杞《き》憂《ゆう》でしかなかった。


むう。眉根を寄せ、琢ノ介はあたりをにらみつけるように見回した。

いったいなんだ、これは。

手を何度も顔の前で振り、琢ノ介は宙に漂う靄《もや》のようなものを払った。瘴気《しょうき》とでもいうべきものなのか、この寒いのに、どこか着物が肌にまとわりつくような、ねっとりとした湿り気がある。

「ちとたずねるが」

行きすぎようとした若い行商人を、琢ノ介は呼び止めた。

「このあたりで天狗が出るという噂があるらしいが、まことか」

ごくりと喉を上下させて、行商人が大きくうなずく。端整な顔をしているから、女客にはきっと受けがよいだろう。

「ええ、ええ、まことですよ」

「で、天狗はどこに出るのだ」

「この近くに高畠権現《たかはたごんげん》という小さな社《やしろ》があるんですけど、そこで見たという人が何人かいるんですよ。何度も前を通りかかっていますけど、あっしは一度も見たことはありません」

「まことに天狗なのか」

「ではないかといわれているんです。面をかぶり、恐ろしく長い刀を手に舞いを踊っているそうですから」

「それは夜のことか」

「ええ、そうです。でも、昼間にも見た人がいるそうですよ」

「ほう、昼間にも」

「でも、このところ根岸を騒がせているのは天狗の噂だけじゃないんですよ」

声をひそめ、若い行商人があたりをはばかるような顔つきになる。

「というと」

「野良犬が斬り殺されたり、猫が首を落とされたり、鳥が羽をむしられて死んでいたりするんですよ」

「それはまた気味の悪い話だな」

「あっしのお客さんたちもすっかり脅えていますからね。それらも、天狗の仕業《しわざ》ではないかといわれてはいるんですけどね」

いつまでも長話などしていられないと思ったか、行商人が頭を軽く下げ、ではこれで、と荷物を担ぎ直して歩き出した。

「犬に猫に鳥か」

腕組みをして、むう、と琢ノ介はうなった。

「いったい誰の仕業だろう。おさよさんも脅えているのではないか」

案の定、妾宅《しょうたく》でおさよは青い顔をしていた。

「ああ、米田屋さん」

ちょうど旦那の伊右衛門が来ており、呼びかけてきた。おさよは幼子のように、伊右衛門に抱きついていた。

「よくいらしてくれた」

「ええ、よくない噂を聞きましたので。しかし、ご隠居がいらしていてよかった」

「手前も先ほど来たばかりなんですが、怖がってこのありさまなのですよ」

あきれたようにいったが、伊右衛門は目を細めておさよの肩をなでている。かわいくてならないという風情だ。

「旦那さま、今日は泊まっていってくださるのですよね」

「それが」

眉根を寄せて、伊右衛門がむずかしい顔になる。

「今日は駄目なんだよ。帰らなければならん」

「えっ、そんな」

ぶるりと身を震わせて、おさよがさらに伊右衛門にすがりつく。

「一人は怖い」

「戸締まりをしっかりしておけば大丈夫だよ。ここは塀も高いし」

「でも、天狗なら、きっと軽く乗り越えてしまいます」

「だったら用心棒を雇ったほうがよかろうな」

顔を上げ、伊右衛門が琢ノ介を見つめる。

「腕のよい用心棒を世話してくだされ。もちろん、身持ちの堅い男がよろしい」

それなら格好の男が一人いる。琢ノ介が直之進のことを口にしようとしたとき、おさよが、いいのです、といった。

「用心棒を頼むほど、私は脅えていません。ただ、旦那さまに甘えたかっただけ……」

「そうか、おさよはかわいいのう」

伊右衛門が相好《そうごう》を崩す。目に入れても痛くない孫を見ているかのようだ。

「一人で大丈夫です。用心棒を入れてもらっても、気詰まりですし」

「確かにそうだろうな。米田屋さんにいくら身持ちの堅い者を入れてもらっても、おさよと二人きりにしておくのはわしも心配だ。——米田屋さん、今の話はなかったことにしてください」

「承知いたしました」

ふむ、と伊右衛門が不意に唇をとがらせる。そんな顔をすると、隠居にもかかわらず、どこか利《き》かん気の男のような顔になる。

「わしがもっと来られればよいのだが、これからいくつも寄合《よりあい》があるし、俳諧や長唄のつき合いもしなければならん。米田屋さん、できればおさよのことを気にかけて、できるだけ様子を見に来てくださらんか」

「お安いご用です」

胸を叩くようにして、琢ノ介は約束した。

「しばしば足を運ぶようにしますよ」

「米田屋さんなら安心だ。なにしろ、お嫁さんをもらったばかりなのだから、おさよに手を出すようなことはあるまいよ」

苦笑して琢ノ介は伊右衛門に告げた。

「嫁をもらっていなくとも、手前がおさよさんに手を出すようなことはありません」

「なにより、米田屋さんはおさよの好みではないようだ」

そういって、伊右衛門が笑った。

「とにかく米田屋さん、よろしくお願いしますよ」

「承知いたしました」

力強くいって、琢ノ介は頭を下げた。

福天屋の妾宅をあとにし、急ぎ足で歩いた。途中、人に場所をきいて高畠権現に向かう。

――ここか。五十段ばかりある石段を見上げ、琢ノ介はつぶやいた。

「しかし長いな」

　こんなの登れるかな。それでも一つ目の鳥居をくぐって階段を登り切り、ふうふうと息を切らして二つ目の鳥居にたどりついた。これを抜ければ境内《けいだい》だが、なんとなく足が前に出ない。ここにも肌を湿らせるような瘴気が漂っていた。

　まちがいないな、ここには誰かいやなやつが巣くっている。

　天狗の存在など、琢ノ介は信じてはいない。どうせ何者かが天狗になりすましているにちがいない。噂になることをおもしろがる人間である。

　足を前に出し、境内の土を踏む。どこかじわっとぬかるんだ感じがある。ずっと雨は降っていないのに、どういうことか。

　境内は狭い。目の前に本殿があり、あとは小さなお堂が二つあるだけだ。明らかに無住《むじゅう》の神社である。

　本殿やお堂をのぞき込んだ琢ノ介は、どういうわけか、早くここを退散したほうがよいのではないか、という気がした。

　こういうとき、この手の直感に逆らわないほうがよい。よし、引き上げるか。

　そう思って琢ノ介がきびすを返そうとしたとき、若い男が二の鳥居をくぐって姿を見せた。琢ノ介に気づいて、会釈《えしゃく》する。職人のような身なりをしている。

商人らしく、琢ノ介も返した。

若い男は下を向き、眉根を寄せてなにかを探しはじめた。

「どうした」

祥吉が夢で見た侍でないことに安心した琢ノ介は気軽に声をかけた。少し驚いた顔をしたが、若い男はすぐさま小腰をかがめた。

「財布を探しているのです」

困った顔で、男が首筋に手をやる。

「そうか、財布をな。ここでなくしたのは、まちがいないのか」

「おそらく。賽銭《さいせん》を投げによく来るもので、そのときに落としたのではないかと思うのですが」

見ると、確かに本殿の前に小さな賽銭箱が置かれている。

「天狗が出るという噂があるが、怖くはないのか」

「今は昼間ですし、怖くありませんよ」

少し粋がったように若い男が胸を張る。

「ならば、一緒に探そうか」

「えっ、まことですか。ありがとうございます。助かります。狭い境内ですけど、一人で探すとなると、広く感じられるものですから」

「困ったときはお互いさまだ」

見過ごすことができずに琢ノ介は境内を探しはじめた。

しばらく探したが、財布はなかなか見つからなかった。ここで落としたのではないのかもしれない。境内は落ち葉などが舞ってはいるものの、おおむね掃除は行き届き、きれいなものだ。財布が落ちていたら、一目でわかるような気がする。

おや。人の気配を感じ、琢ノ介は顔を上げた。階段を上がり切り、ちょうど二の鳥居をくぐった侍がいた。武家か、と思い琢ノ介はどきりとした。ずいぶん冷え込んでいるということもあるのか、頭巾《ずきん》を深々とかぶっており、顔がろくに見えないところが、薄気味悪い。

近づかないでおこう、と琢ノ介は心に決めた。君子《くんし》危うきに近寄らずというやつだ。

石畳を足早に進んできた頭巾の侍がずいぶん長い刀を帯びていることに気づいた。あの長さでは、刃渡り三尺は優にあるのではないか。

まさかあの侍が天狗ということはあるまいな。行商人も、天狗は長い刀を手に舞いを踊っているといっていたではないか。

頭巾の侍は琢ノ介には目もくれず、まっすぐ本殿に向かった。賽銭箱の前に進み出て辞儀し、賽銭をそっと置くように賽銭箱に入れ、鈴を鳴らした。二度深く礼をし、二度柏手《かしわで》を打った。もう一度深い礼をし、最後に軽く頭を下げてきびすを返した。

しっかりとした参拝の作法で、琢ノ介は感心した。それがいきなり石畳を外れ、若い男のほうに向かった。あと二間というところまで来て大太刀を鮮やかに抜き放ち、いきなり、えい、と気合を発して斬りかかった。

腰が抜けるほど琢ノ介は驚いた。

「危ないっ」

その声に若い男が振り向き、わっ、と赤い口をあけた。かろうじて横に逃げ、斬撃をかわした。

いったいなんだ。

わけがわからなかったが、放っておくことはできず、琢ノ介は駆け出した。腰の脇差を引き抜く。

「なにをしている」

その声に、殴られたかのように侍が振り向いた。血走った目が琢ノ介を見つめる。右手を振り、いきなりなにか赤い物を投げつけてきた。琢ノ介はすばやくそれをよけたが、それが頭に降りかかり、なにかの花に過ぎないことを知った。

なんだ、これは、目くらましか。琢ノ介は一瞬戸惑った。

その隙を逃さず、侍は刀を振り上げて斬りかかってきた。

「うおっ」

脇差を上げ、斬撃を受け止めようとしたが、あっさりと叩き折られた。侍は再び大太刀を振り上げると、琢ノ介の頭を斬り割ろうとした。あわてて後ろに飛びすさって、なんとかよけた。

一転して大太刀が胴に繰り出される。これも避けたが、予期した以上に大太刀は伸びて、琢ノ介の着物をぴっと裂いた。かすかに痛みも感じた。咄嗟《とっさ》に腹に触れてみた。わずかにぬめったが、たいした傷ではないようだ。大太刀がかすって、肌が裂けただけだろう。せいぜい、腹の肉を少し削られたに過ぎない。

どうすればよい。考えたが、すぐにいい考えが浮かぶはずがない。まさか祥吉の夢を正夢にするわけにはいかない。何者か知りたいが、ここは逃げるしかない。

体をひるがえすや、琢ノ介は地面を蹴った。鳥居を目指す。

そこには先ほどの若い男がいて、じっと動かずにいる。立ちすくんでいるように見えた。

「逃げるぞ」

声を発し、琢ノ介は若い男をうながした。だが、背中に隠していたのか、不意に脇差のような得物を突き出してきた。

「わあっ」

完全に不意を衝《つ》かれた上に鋭い突きだったが、琢ノ介はなんとか避《さ》けた。これまでの用心棒の経験が生きたということだろう。

しかし、どうしてこの男まで襲ってくるのか。

頭巾の侍と若い男はぐるということか。つまり、はなからわしを狙っていたということだ。高畠権現などという、ろくに人けのない神社にのこのことやってきたのは、こいつらにとって好都合だったというわけだ。それにしても、なぜ襲われなければならないのか。琢ノ介にはさっぱりわからない。こやつらに問いかけたところで、答えが返ってくるとは思えない。

それでも、つい琢ノ介はきいていた。

「なにゆえわしを狙う」

案の定、返事はなかった。二人は黙って距離を詰めてくるだけだ。

まずいな。

逃げ道は鳥居だけだ。境内は小高くなっており、まわりをいくつかの杭《くい》が囲んでいる。

またも侍が大太刀を振り下ろしてきた。同時に若い男が突っ込み、背後に回ろうとした。

琢ノ介は左側に逃れたが、それは侍にとって格好の動きだったようだ。返す刀を横に払ってきたのだ。目にもとまらぬ早業で、琢ノ介は大太刀が胴を両断するのを見たような気になった。

だが、自分の意に反して勝手に体が動いていた。上体を思い切り反《そ》らしたのだ。腹の上を大太刀が旋回してゆく。大太刀が行きすぎると同時に立ち上がり、駆け出した。鳥居に向かおうとしたが、おのれっ、という声とともに大太刀が斜めに振り下ろされたのを背中で感じた。このままでは背中を割られると覚った琢ノ介はさっと右に折れ、本殿に向かった。裏道があるのではないか。そんな淡い期待を胸に、必死に走った。後ろから二人がついてくる。荒い息づかいが聞こえるのは、二人のものではなく、自分の口からだった。

今にも斬撃を浴びせられるのではないかとひやひやしつつ、琢ノ介は本殿の裏に回り込んだ。

暗澹《あんたん》とした。裏道らしいものなど、どこにもない。やはり何本かの杭が打ってあるだけにすぎない。

一陣の風が近づいてきた。はっとして首を縮めた。ぶん、と刀が通り過ぎる。

一瞬でも遅れていたら、首を刎《は》ねられていただろう。

どうすればいい。おあきの忠告通り、今日は他出を控えておくべきだったのか。だが、平川琢ノ介と承知の上で襲ってきたのなら、どのみちいつか同じ目に遭っていただろう。

おあきと祥吉の顔が脳裏に浮かんだ。二人して心配そうに見つめている。

――死んでたまるか。わしは死なぬと約束したばかりではないか。その日に約束をたがえるわけにはいかんぞ。生きてやる。

袈裟懸けがきた。白刃《はくじん》の下をかいくぐって、琢ノ介は右に走った。背中に大太刀が迫るのを感じた。だっと左へ身を投げる。地面を転がり、すぐさま立ち上がる。

だが、すぐに本殿の壁に体が当たりそうになった。大太刀が目の前できらめく。豕ノ介はよけたが、肩をかすられた。血が飛ぶ。それを見た侍の目がさらに光を帯びる。

なんだ、こやつは。血を見て喜んでやがる。こんなやつに殺されるわけにはいかぬ。

胴を払ってきた。豕ノ介は、えいやっと思い切り跳んだ。忍者なら大太刀をよけられただろうが、足に痛みを覚えた。足を切り落とされたのではなかろうか、とひやりとしたが、右足の雪駄がぽとりと落ちただけだ。緒を切られたようだ。いまだに雪駄を履いていたことに豕ノ介は驚きを覚えた。

着地したと同時に、頭上から大太刀が降ってきた。横に跳んでかわしたが、完全に体勢が崩れた。そこに若い男が突進してきた。脇差が鈍く光る。豕ノ介はそれもかろうじてかわしたが、さらに大太刀が再び袈裟懸けに振られた。体を弓なりに曲げてぎりぎりかわしたが、そのときには目の前の風景がこれまでとがらりと変わっていた。江戸の町並みが見えたのだ。あっと思ったときには、豕ノ介は一本の杭を越えていた。

境内からは見えなかったが、石垣が設けられており、その急斜面を体がずるずると落ちていった。石垣が切れ、ただの崖になった。琢ノ介の体はすさまじい勢いで落ちてゆく。

まずいぞ。必死に手を振り回し、なんでもいいからつかもうとした。草に手が触れ、体が止まった。しかしそれも一瞬で、草が引っこ抜け、またも滑落《かつらく》がはじまった。

「うわあっ」

今度は木の枝に手がかかった。かろうじてつかめたが、枝は琢ノ介の重みを支えきれず、あっさりと折れた。

あっ、まずいと思った次の瞬間、どすんと音がし、背中に耐えがたい痛みが走った。地上にいるのはわかったが、息ができない。このまま絶息してしまうのではないかと思ったとき、なんとか息が通った。はあはあと荒い息を吐く。

——助かったのか。

しかし、いったい今の連中は何者なのだ。

顔を動かし、琢ノ介は崖の上を見た。

十丈ほど上に頭巾の侍と若い男の顔が並び、こちらをのぞきこんでいる。琢ノ介が生きていると知り、二人ともそろって舌打ちしたような表情になった。さっと二つの顔が消え失せた。

降りて来る気だ。

琢ノ介はそのことを覚り、体をなんとか起き上がらせた。そこら中に痛みが走り、我知らずうめき声が出る。十丈もの高さから落ちたのだ、それも当たり前だろう。生きているだけでもありがたかった。

さて、歩けるか。自らに問うた。

いや、歩かなければならぬ。でなければ、やつらに殺《や》られてしまう。じっとしていられたらどんなに楽かと思うが、それはできない。

着物は至るところが裂け、体は傷だらけだ。

これを見たら、おあきと祥吉は仰天するだろう。だが、着物の替えなどあるはずもない。このまま米田屋に向かうしかない。いや、米田屋に行っていいのか。あの連中を連れてゆくことにならないか。

背後が気になり、我慢できずに琢ノ介は振り返った。二人の姿はどこにもない。階段を降りてこちらに回ってこようとしているのならば、少しときはかかるだろう。

その間に琢ノ介は広い通りに出た。大勢の人が行きかっている。ここならば、まさか襲ってくることはないだろう。

ぼろ雑巾《ぞうきん》のようなありさまの琢ノ介を見て、人々が驚きの目を向けてくるが、声をかけてくる者はいない。今の琢ノ介には、そのほうがありがたかった。いちいち事情を説明するだけの気力がない。一歩一歩足を進めるだけで精一杯なのだ。

さて、どうするか。

富士太郎のことが頭に思い浮かび、襲われたことを話しておくかと思った。だが、いくらたくましくなったとはいえ、富士太郎では今の侍に斬り殺されかねない。あの大太刀の侍に襲われて、かわしきることなどできようはずもない。

このわしが安心して大太刀の侍のことを話せるのは、ただの一人だ。

少し堅苦しいが、情に厚い男で、一緒にいて実に楽しい。眉の濃い端整な顔を思い浮かべたら、少しだけ元気が戻り、琢ノ介は前に進む力を得ることができた。

ありがとう、我が友垣よ。

心中で語りかけた。

やはり持つべき者は友垣だ。

第三章

一

肩まで湯に浸《つ》かり、直之進は目を閉じた。

湯が汚くならぬうちにと、夕方の七つという早い刻限に湯屋にやってきたが、やはりというべきなのか、残念ながら今日もいつ替えたのかと嘆息《たんそく》が出るような湯だ。

それでも湯屋はまだ空いており、しかも湯船の湯はいつもほどは熱くはなく、ゆったりと伸ばした手足から、じんわりとかたさが溶け出してゆくのがはっきりと感じられる。ひどく寒いこの時季は汗を流すというより、あたたまるのが目的で湯屋に足を運ぶのが常だから、湯が汚くともかまわない。

それにしても、こうして湯に浸かっていると、光右衛門を温泉に連れていってやりたい、と心から思う。

故郷の駿州沼里は伊豆国と境を接しており、歩いて半日程度のところに湯治場《とうじば》がいくらでもある。古奈《こな》湯や湯《ゆ》塚《づか》の湯などは、伊豆に流されていた源頼朝が入湯したという記録も残されているほどで、きれいな湯がこんこんと湧いている。湯船からあふれ出た湯はそのまま川に流れ出るから、汚れようがない。昔から名湯といわれているところに湯治に行けば、光右衛門の病も治るのではあるまいか。実際に胃の腑のしこりが治ったという話は耳にしたことがないが、なにもしないよりはきっとましだろう。

よし、と直之進は決意した。別に湯塚の湯や古奈湯でなくてもよいから、光右衛門を湯治に連れていこう。江戸から近い熱海《あたみ》や箱根《はこね》でもよい。伊豆の東に位置する熱海なら、江戸から船で行けるかもしれない。それなら、光右衛門の体にさほど負担を強いることはないのではないか。

よし、と口に出して直之進は湯船から上がった。そばにいた客が、なんだろうという顔を向けてきたが、すぐにまたなにもなかったように目を閉じた。

体を手ぬぐいでふき、着物を着込み、刀を受け取って直之進は外に出た。

寒風が、湯を出たばかりの体を一気に冷やしてやろうとの企みを抱いて、勢いよく吹きつけてくる。湯冷《ゆざ》めしないうちに長屋に帰ろうと直之進は足を急がせた。

長屋の木戸を入ったとき、自分の店《たな》の前に人影があるのに気づいた。昼が短い時季だけにすでに薄暗さに包まれているが、ずんぐりとした体つきで、それが誰なのかがすぐに知れた。

「琢ノ介ではないか」

人影がさっとこちらを向いた。

「直之進」

救われたような声を出した。

足早に近づいて直之進はたずねた。

「いったいどうした」

「琢ノ介、なにかあったのか」

まさか米田屋の身によくないことが起きたのではあるまいな。

琢ノ介を見つめて、むっ、と直之進は顔をしかめた。

「どうした、傷だらけではないか」

着物もあちこち裂け、ぼろぼろになっている。裸足でもあった。一瞬、浮気がばれておあきにひどい目に遭わされたのか、という思いがよぎったが、米田屋の長女はしっかり者で温厚だ。いくら焼餅を焼いたとしても、ここまですることはない。それに、まだ一緒になったばかりで、琢ノ介は浮気などしないだろう。おあきに心から惚れている以上、一生浮気などしないかもしれない。

風が路地に吹き込み、足元から着物を巻き上げる。

「琢ノ介、とにかく中に入れ」

腰高障子の引手に手を当て、直之進は横に滑らせようとした。

「ちょっと待て」

琢ノ介がそれを制した。

「どうした」

「人がひそんでいるようなことはないか」

なにゆえそのようなことをいうのか、と思ったが、直之進は素直に中の気配を嗅いだ。

「誰もおらぬ」

「それならばよい」

腰高障子をあけた直之進は琢ノ介を先に入れ、自分は後に続いた。後ろ手に腰

に干した。高障子を閉め、心張《しんば》り棒《ぼう》をかませる。濡れた手ぬぐいを、台所の天井に吊した紐《ひも》

中はすっかり暗くなっている。火打ち石を手に、直之進は行灯《あんどん》をつけた。ほんのりとした光が壁を淡く照らし出す。琢ノ介は暗い顔をしているが、さして怯《おび》えてはいないようだ。けっこう落ち着いた顔をしている。

「琢ノ介、座れ」

「あ、ああ」

大きく息をついて琢ノ介があぐらをかく。

直之進は瓶《かめ》から柄杓《ひしゃく》で水をすくい、湯飲みに注いだ。

「飲め」

静かに琢ノ介に差し出す。

「かたじけない」

まだ武家の言葉が抜けない。それも仕方なかろう。刀を捨ててまだ間もないのだ。

ごくごくと音を立てて琢ノ介が一気に水を飲み干す。

「もっと飲むか」

いや、と琢ノ介がかぶりを振る。受け取った湯飲みを流しに置き、直之進は琢ノ介の向かいに腰を下ろした。

「なにがあった」

きいたとき、琢ノ介が顔をしかめた。

「痛むのか。怪我の具合はどうだ」

「ちょっとずきっとしただけだ。運がいいことにすべてかすり傷だ」

「医者に診《み》せなくてもよいのか」

「あとで診てもらう」

ふむ、と声を漏らして直之進は琢ノ介をじっと見た。

「着物を脱げ。傷を見よう」

「おぬしに傷がわかるのか」

「重いか軽いか、そのくらいはわかる」

「そうだな。ちょっと見てくれ」

琢ノ介が素直に着物をはだける。行灯を寄せて、直之進はじっくりと見た。

でっぷりとした体にいくつもの傷がついているが、肉が厚いのが幸いしたのか、琢ノ介のいう通り、浅い傷ばかりだ。

直之進がそのことを告げると、琢ノ介はさすがに安堵した顔つきになった。

「こいつは刀傷だな。琢ノ介、それにしてもおぬし、よけるのがうまいな」

「用心棒をしているとき、強敵ばかりに襲われて死ななかったゆえ、そのときの経験が生きているのだと思う」

「その通りだろうな。実戦の経験というのは、何物にも代えがたい。やはりいざというときに役に立つ」

身を乗り出し、直之進はただした。

「それで琢ノ介、なにがあった」

ごくりと喉仏《のどぼとけ》を上下させ、琢ノ介が語りはじめた。

聞き終えて、直之進は眉根を寄せた。

「二人組に襲われただと。見覚えがない二人なのか」

「ああ、一人は頭巾をしていたから、はなから顔はわからぬが、もう一人の若い職人ふうの男は初めて見る顔だった」

「襲われるような心当たりは」

首をひねって琢ノ介が考え込む。

「道々考えていたのだが、それがまるでないのだ。まさか金目当てということはあるまい。わしに金があるかどうか、見る者が見れば一目でわかろう」

「前に富くじが当たったではないか。あの金はどうした」

「ほとんど手つかずだが、十六両もの大金を持ち歩くことはまずあり得ぬぞ」

「それはそうだな」

行灯の炎が揺れ、琢ノ介の真剣な顔を映し出した。

「この店《たな》に入る前、人がひそんでいないか確かめるようにいったな。あれは俺も狙われているかもしれん、と考えたゆえか」

「うむ、そうだ」

深くうなずいて琢ノ介が認める。

「もしうらみを買って襲われたのだとしたら、狙われているのはわしだけではないかもしれぬ。これまでほとんど、おぬしとともに仕事をしてきたからな、直之進絡みではないかと思ったのだ」

「その通りかもしれぬ。琢ノ介、狙われる前に、前触れといったものはなかったのか」

「それがあったのだ」

やや声をうわずらせて琢ノ介がいう。

「どのようなことだ」

「得意先廻りをしていたときに、なんとなく誰かに見られているように感じたのだ。あれは、勘ちがいなどではないと思う。だが、わしは今日、昼ごろまで帳簿と格闘していたこともあってな、そのことをすっかり失念して、根岸に出かけたのだ」

そういえば、と直之進は思い出した。光右衛門をつけたあのとき、三国屋という太物問屋で琢ノ介の姿を目にした際、誰かが琢ノ介のことを見つめていると感じたではないか。あのあと、琢ノ介に忠告しておいたら結果はちがっていただろうか。

「どうして根岸に」

「わしが初めて世話をした娘がおってな、商家の隠居の妾になって根岸に住んでおるのだ。直之進、根岸に天狗が出るという噂を聞き及んでおらぬか」

天狗だと、と思いつつ直之進は首を横に振った。

「まあ、そうだろうな。おぬしはどういうわけか、早耳とはとてもいえぬからな。わしは天狗のことが気になり、すぐに出かけたのだ。その娘のことも、もちろん気になってはいた。天狗の噂に脅えているのではないかと思ってな」

近隣の者にあれこれ話を聞いて、琢ノ介は高畠権現という神社へ向かったのだといった。

「それで、琢ノ介は天狗が出るという噂のある、その神社で襲われたのだな」

「そうだ。わしはつけられていたのだな。そのときはまったく目は感じなかった。油断したな」

琢ノ介は事のしだいを詳しく話した。

「高畠権現という人けのない神社に琢ノ介が入ったことで、これは殺《や》れるとその者たちは踏んだのだろう。それでまず若い男が一芝居打ち、琢ノ介の気を引いたのだ」

顔を上げ、琢ノ介が見つめてきた。

「直之進は、目を感じたりはしておらぬのか」

ここ数日、誰かに見られているようなことがなかったか、直之進は思い返した。

「ない。まったくない」

うーむ、とうなって琢ノ介が考え込む。

「だとしたら、わしがうらみを買って狙われたということか。——直之進、すまぬが、もう一杯、水をくれぬか」

立ち上がり、直之進は流しに置いた湯飲みを洗い、それに水をなみなみと注いだ。湯飲みを琢ノ介の前に置く。

それを琢ノ介が手に取り、一息に飲み干した。ふう、と盛大に息をつく。

「もしわし一人が狙われているのだとして、理由はいったいなんだ」

「なにか見てはならぬものを見たというようなことはないか」

「それは殺しの場面か」

「殺しとは限らぬ。抜け荷などの法度《はっと》の品の受け渡しを、目の当たりにしたというようなことも考えられる」

眉間にたっぷりとしわを刻んで、琢ノ介が沈思する。

「いや、そんな心当たりはない」

「ならば、用心棒をつとめていたときに、買ったうらみかもしれぬ」

「直之進、おぬしも用心棒は何度もつとめて、わしより多いくらいだろうが、うらみを買うようなことがあったか」

「いや、用心棒仕事では一度もない」

「そうだろう。うらみを買うとしたら用心棒のほうではなく、わしらを雇った依頼主ではないかと思うのだ。そもそも依頼主は、用心棒を雇わざるを得ぬ理由があるゆえ」

その通りだ、と直之進も思う。

「では、どうして琢ノ介は襲われたのだろうか」

問いを投げかけて、直之進は琢ノ介を見やった。

「さっぱりわからぬ。まさか、わしが米田屋の跡を継ぐことをおもしろくないと思う輩《やから》がいるのではなかろうな」

「それは、考えられぬことではないがな。ずっと前に、米田屋の用心棒をしたことがあるが、あれは米田屋があまりに仕事ができ過ぎて、同業の者からうらみを買ったという一件だった。おぬしは、まだそこまで仕事に熟練しておらぬ」

「それもそうだな。なにしろ、掛け取り一つうまくいかんからな」

「商売はむずかしいゆえな」

息を一つついて、直之進は続けた。

「米田屋の跡を継ぐのとは関係なく、口入れ稼業絡みで、なにかあったとは思えぬか」

「というと」

「うまくいえぬのだが、たとえば、悪企みを抱いた者が富裕な商家に人を入れ込もうとして、胡散臭《うさんくさ》さを感じたおぬしが断ったというようなことはなかったか」

「ない」

　あっさりと琢ノ介は断じた。

「なにしろ、まだたいして仕事をこなしておらぬ。自慢ではないが、得意先に口入れした者は、ただの一人でしかない」

「一人か」

　この男はあまり筋がよくないのではないか、という思いが直之進の脳裏を一瞬よぎったが、不器用な者のほうが覚えた仕事は忘れないという。いま琢ノ介は必死に仕事を学んでいる最中なのだ。歩みは遅くとも、いずれきっとものになろう、と直之進は思い直した。

「その一人というのは」

「さっき話した根岸の妾奉公だ」

「その妾の歳は」

「十九だ」

「相手は」

「富裕な大店でな、福天屋という油問屋の隠居だ。歳は五十をいくつか過ぎている」

「その娘は怪しくないのか。はなから、その福天屋の隠居を狙って近づいたということはあり得ぬのか」

「いや、怪しくはない。妾奉公をしたいと店にやってきて、わしがその隠居を世話したのだ。その娘は、どんな相手に世話されるか、まったくわからなかったはずだ。それに、今やその娘は隠居にべったりだ。二人の仲はとてもよい」

「隠居に内儀は」

「もちろんいる。歳は隠居と似たようなものだ。だから、その娘が内儀の後釜を狙ったというわけではない」

「店は誰が継いだ」

「隠居の長子だ。歳は三十一、子供が三人いる。三人とも男の子だから、いくら子供がはかなくなりやすいといっても、跡継については心配なかろう。——直之進、どうして跡取りのことをきいた」

「妾が隠居の子をはらみ、店をいずれ乗っ取るという筋書も考えられると思っただけだが、どうやら考えすぎのようだな。しかし、琢ノ介、こんなことも考えられるぞ」

「聞こう」

「妾宅へは、隠居は一人で来るのか」

「そうだ」

「一人でやってきた隠居を妾の情人《いろ》がかどわかし、身《み》の代《しろ》を要求するとの狙いがあるかもしれぬ」

「だがな、隠居は一人で出歩くのが好きなようで、かどわかす気なら、なにもわざわざ妾宅でやらずとも、機会はいくらでもあるはずだぞ。妾宅でかどわかせば、妾が真っ先に疑われぬか」

「確かに妾に疑いの目を向けるだろうな。だが、賊は自分には目もくれず隠居だけをさらっていったと妾が番所の者に訴える手もある」

なるほど、と琢ノ介がうなずく。

「だが、根岸ならあの樺太郎の縄張《なわばり》だ。仮に樺太郎でなくとも、番所の者の目は節穴《ふしあな》ではなかろう。必ずからくりを見抜くのではあるまいか」

「そうなるだろうな。富士太郎どのは南町奉行所の定廻り同心の中でも、もはや第一人者として認められているのではないか。悪人も富士太郎どのの縄張は避けるかもしれぬ」

「そもそも、妾がなにか企んでいるとして、それがわしを襲うこととどうつながってくるのだ」

直之進は鬢を軽くかいた。

「うむ、筋が通らぬな」

「そうであろう」

琢ノ介、と直之進は呼びかけた。

「おあきさんや祥吉に、襲われたことを告げる気はないのか」

「正直、迷っている。心配させることになるゆえな」

「だが、その格好はごまかしようがないぞ」

「そうなのだ」

「俺の着物を貸せたらよいが、おぬしにはいくらなんでも小さすぎる」

「まず入らんな」

「琢ノ介、心配させたくないという気持ちはわかるが、夫婦のあいだで隠し事はよくなかろう。正直に話し、夫婦の力ですべて乗り越えてゆくのがよいと思うのだが、どうだろうか」

「実は、わしもそうした方がよいのではないかと思っていたのだ。今の直之進の言葉で迷いはなくなった。わしはすべておあきに話そうと思う」

「それがよい。さすが琢ノ介だ。俺の友垣だけのことはある」

「直之進、わしらは友垣か」

「当たり前ではないか」

「わしはおぬしのことを友だと思っていたが、そうか、直之進もわしのことを友だと思ってくれるか」

「おぬしは無二の友だ」

笑みを浮かべた琢ノ介が顔をゆがめた。

「どうした」

「いや、涙が出そうになった」

「こらえることはあるまい。泣くことは別に恥ずべきことではないぞ。戦国の世の武将たちは、本当によく涙を流したものだと、俺が世話になった家塾《かじゅく》のお師匠はおっしゃっていた」

「そうなのか」

「うむ」

やおら、おいおいと声を上げて琢ノ介が泣きだした。慣れぬ商売のことで、よほどつらいことがあったのだろう、と直之進は察した。赤子にするように黙って琢ノ介の背中をさすり続けた。

しばらくしてむせび泣きになり、声が止まった。

「落ち着いたか」

「うむ。どうも気持ちが高ぶって、涙があとからあとから出てきおった」

「さっぱりしたのではないか」

「うむ、その通りだ」

琢ノ介、と直之進は呼びかけた。

「気になることがあるのだが、よいか」

「なんなりと」

「頭巾の侍が投げつけてきたという赤い花だが、どうしてそのような真似をしたのだろうな」

「目くらましではないか。実際、わしは頭を下げてよけたぞ。そこをやつは斬りかかってきおった」

「確かに目くらましだったのかもしれぬが、おぬしがその程度のことで斬られる男でないことは、その者どももわかっていたのではないのか。襲う前におぬしのことは調べるだろう」

「そうかもしれぬな」

むずかしい顔で琢ノ介が顎を引く。

「それに、目くらましで花を投げつけるくらいなら、小柄《こづか》でも投げたほうがよほどましだ」

「その通りだ。花だからよけられたが、小柄ならかわしきれなかったかもしれぬ。にもかかわらず花を投げてきたということは、あの花になんらかの意味があったということか。ふむ、思い返してみれば、わしもどうして頭巾の侍がそんな真似をしたのか、あのときは戸惑った」

「赤い花といったが、なんの花だった」

あれは、といって琢ノ介が宙を見つめる。

「緋木瓜の花ではないか。わしは花のことはよく知らぬが、それまでに何度も見かけていたのだ。だから、まずまちがいないような気がする」

「緋木瓜か。寒木瓜ともいうな。木瓜の花にどんな意味があるのだろう」

「さあ、わしにはさっぱりわからぬ」

「俺も同じだが、しばらく考えてみよう。考え続けていれば、なにかひらめくものがあるかもしれぬ」

「期待しておるぞ、直之進」

「おぬしは考えぬのか」

「考えるのは、ちと苦手だ。おぬしに任せる」

「承知した。がんばってみよう」

文机に手を伸ばし、直之進は引出しから何枚かの紙を取り出した。

「琢ノ介、人相書を描けるか。おぬし、絵は苦手ではなかったよな」

「うむ、筋は悪くないぞ。直之進よりずっとましだろう」

「俺は絵心がまったくないゆえな。頭巾の侍は仕方ないとしても、若い職人ふうの男のほうは顔を覚えているだろう」

「うむ。忘れるわけがない」

硯《すずり》と墨《すみ》、筆を用意し、直之進は文机の前に琢ノ介を座らせた。

筆を握り締めて琢ノ介が目を閉じた。男の面影を目の前に引き寄せているようだ。

「よし、描くぞ」

目をあけ、宣するようにいった。紙に左手を添えると筆に墨をふくませ、すらすらと男の顔を描きはじめた。

五枚ばかり反故《ほご》にしたのち、一枚の絵を両手でかざした。

「こいつはよく似ているような気がする」

「どれどれ」

直之進はのぞき込んだ。

ずいぶん彫りの深い顔をしている。頬はふっくらとし、鼻が高い。眼窩《がんか》に大きな目がすっぽりとはまっている。眉は八の字に垂れ、口は小さく、唇が薄い。

「よし、これは俺がもらっておこう。明日にでも富士太郎さんに会って、たくさん描いてもらうことにする」

「そうか、よろしく頼む」

よろよろと琢ノ介が立ち上がる。

「用は済んだ。わしは帰る」

「送っていこう」

「まことか」

うれしそうに琢ノ介が目を輝かせる。

「襲われた者に、夜道を一人で歩かせるわけにはいかぬ」

「かたじけない」

土間で提灯に火を入れてから、直之進は行灯を吹き消した。外の気配を嗅いでから腰高障子をあける。風が吹き込み、提灯を揺らす。

「寒いな」

自らの肩を抱くようにして、琢ノ介が身を震わせる。

「北国育ちの琢ノ介でも寒いか」

「寒い。寒くなかったのは、故郷から出てきてほんのわずかなあいだに過ぎなかった。わしも弱くなったものよ」

血を失ったせいもあるかもしれぬな、と直之進は思ったが、口には出さない。

「よし、行こう」

二人は長屋の路地を歩き出した。

おあきたちは、なかなか帰ってこない琢ノ介のことを心の底から案じていた。

「いったいどうしたのですか」

ぼろぼろになった着物姿の琢ノ介を目の当たりにして、おあきが声を上げる。

祥吉が琢ノ介の腰に抱きつき、わんわん泣きじゃくりはじめた。

「心配かけてすまなかったな」

祥吉の頭を優しくなでながら、琢ノ介がおあきを見つめる。

「今から話すゆえ、まずは中に入らんか。――よっこらしょ」

祥吉を軽々と抱いて、琢ノ介が幼い顔をのぞき込む。

「よしよし、もう大丈夫だからな。おとっつあんのことはもう心配いらないぞ」

それでも祥吉は泣き止まない。

火鉢の炭が赤々と熾《お》きている居間に入り、琢ノ介が祥吉を抱いたままあぐらをかく。さすがに疲れ切った顔をしているが、部屋があたたかなこともあって、少しだけ表情がゆるんだ。傷のほうも大丈夫だろう。放っておけばよいということではないが、焼酎で洗ってもらい、晒《さら》しを巻いておけば十分なはずだ。

おあきだけでなく、おきく、おれんもやってきている。米田屋の者で、ここにいないのは光右衛門だけだ。

おきくが直之進を見た。目が合い、直之進は笑みを浮かべて、案ずることはないとうなずいてみせた。ほっとしたように、おきくがうなずき返してくる。

光右衛門の容体が気になり、直之進は琢ノ介が皆に話しはじめたのを横目に、寝間へ向かった。祥吉の泣き声が少しだけ小さくなった。

腰高障子越しに行灯の明かりが見えている。

「米田屋、起きているのだな」

光右衛門は部屋が明るくては眠れないたちなのだ。

「ええ、起きておりますよ。湯瀬さま、お入りください」

快活な声が聞こえ、具合は悪くないようだな、と安堵しつつ直之進は腰高障子を横に滑らせた。むっとする薬湯のにおいが漂い出て、直之進の鼻孔にまとわりついた。

光右衛門は布団に横になっていた。体を起こそうとしたのを、直之進は制した。

「そのままでよい」

「すみません」

頭を下げて、光右衛門が横たわる。耳を澄ませるような仕草をした。

「祥吉がずいぶん泣いておりますな。婿どのの帰りが遅かったのが、そんなに心配だったのですかね」

「あとで話すが、琢ノ介の身にちょっとあったのだ」

「婿どのの身に……」

「いや、大したことではない。米田屋、どうだ、具合は」

刀を自らの右側に置き、枕元に座り込んで直之進はたずねた。

「ええ、悪くありませんよ」

光右衛門がにこりとする。

「米田屋、無理はしておらぬだろうな」

「もちろんですよ。また倒れたくはありませんからね。おとなしいものです」

ふっと直之進は軽く息をついた。

「それを聞いて安心した」

「必ずよくなってみせますから、湯瀬さま、見ていてくださいね」

「見ているだけではつまらぬ。俺も手伝えることがあったら、手伝おう。米田屋、なんでもいってくれ」

「ありがとうございます」

布団の中で光右衛門が顎を上下させる。

「今日、湯屋でふと考えついたのだが、米田屋、湯治に行かぬか」

直之進は自らの考えを詳しく述べた。

「ほう、船で熱海に」

「船ならおぬしも楽ができるのではないかと思ってな」

「よろしいですよ。手前も湯治に行きたいと考えていました。寒い江戸を出て、あたたかな伊豆に行くというのは、とてもよいことだと思います」

「すぐにでも行きたいが、さすがにそれは無理であろう。おぬしの体調と相談だ。少しはあたたかくなってからのほうがよかろう」

「温泉にゆっくり浸かったら、さぞ気持ちいいでしょうなあ」

布団の中で身じろぎし、光右衛門が夢見るような顔になる。

「湯に浸かって、熱燗《あつかん》をいただくというのはさぞ乙《おつ》なものだろう」

「熱燗ですか。よろしいですね。さぞかしうまいでしょうね」

「うむ、唾が湧いてきた」

「行きましょう、是非」

「うむ、行こう」

頭を上げて、光右衛門が居間のほうを少し気にした。

「それで、婿どのはいかがしたのですか」

襲われたと知ったら体に障るかもしれぬな、と直之進は話すのを一瞬ためらった。

「お話しくださいませ、湯瀬さま。先ほど話すとおっしゃいましたよ」

強い口調でいわれ、直之進は首肯した。光右衛門は琢ノ介の身になにか起きたことをすでに察している。なにが起きたか秘密にするほうが、体に悪いのではないか。それに、琢ノ介は光右衛門の義理のせがれである。家人なのに秘密を持つほうがおかしいだろう。

静かな口調で直之進は語った。

聞き終えて、さすがに光右衛門の眉間に深いしわが寄った。

「その二人が何者なのか、わかっていないのですね」

「俺と琢ノ介の二人で長いこと話し合ったが、わからなかった」

「心配です」

顔をしかめ、光右衛門が苦しげな表情になる。笑顔をつくり、直之進は言葉を継いだ。

「案ずるな、といいたいところだが、それはいくらなんでも無理だな。だが、俺が必ず琢ノ介を襲った者たちを捕まえてみせる。琢ノ介に二度と凶刃が及ばぬようにすると誓う。米田屋、吉報を待っていてくれ」

「よろしくお願いします」

光右衛門の目の下にくまができている。

「米田屋、眠るか」

「はい」

静かに直之進は立ち上がった。

「湯瀬さま、婿どののこと、よろしくお願いいたします」

「わかった」

力強くいって直之進は腰高障子をあけ、廊下に足を踏み出した。もう祥吉の泣き声は聞こえなくなっていた。

居間に戻ると、琢ノ介たちは少しもめていた。

「何者とも知れぬ者たちに襲われたからといって、店に閉じこもっているなど、わしはいやだぞ。明日も得意先廻りをするのだ。掛け取りもしなければならん」

「危ないのを承知で、なにも外に出ることはありません。怪我だっていくつも負っているのに。掛け取りにしたって、うちにはまだまだ余裕があります。少しくらい滞《とどこお》ったからといって、すぐに潰れるようなことにはなりません」

「塵《ちり》も積もれば山となる、ということわざもある。掛け取りができぬまま、少しずつ焦げついたものがたまってゆくのが、わしは怖いのだ。それが、いつかこの店を潰すことにつながるかもしれん」

「おとっつあんが必死に働いてつくりあげた店です。そんなにやわじゃありませんよ。店のことよりも、あなたのことです。もしあなたに万が一のことがあったら……」

言葉を途切れさせて、おあきがうつむく。

「大丈夫、わしは死なんよ。おまえたちを残して死ぬわけがない」

畳に座り込んだ祥吉が涙顔で見上げているのに気づき、琢ノ介が頭をなでた。

「祥吉、すまぬな。おとっつあんのわがままをきいてくれるか」

しかし、祥吉は黙ったままだ。仕方なく琢ノ介は顔を動かし、目をおあきに当てた。

「とにかく、わしはやつらの脅しに屈するのがいやでならんのだ」

直之進にも、琢ノ介の気持ちはよくわかる。直之進の場合、むしろ負けん気がむくむくと頭をもたげてくる。

「わかりました」

嘆息を漏らし、ついにおあきがうなずいた。

「あなたの好きなようにしてください。でも、これだけは約束してください」

「うむ、なにかな」

「危ないと思ったら、決して無理はなさらないこと。捕まえてやろう、倒してやろうなどと思わないで、すぐにそこから逃げてください」

「逃げるのか」

一瞬、いやそうな顔をしたが、すぐに思い直したらしく、琢ノ介は、わかった、と力強くいった。

「逃げるのは癪《しゃく》に障《さわ》るが、わしの腕ではあの大太刀の男には敵《てき》し得ぬ。おあきのいう通りにしよう」

わずかながらだが、一座に安堵の空気が流れた。それを潮に直之進は立ち上がった。

「直之進、帰るのか」

「うむ」

「泊まっていけばよいではないか」

「そうですよ、そうなさってください」

直之進を見上げて、おあきが言葉を添える。おきくは口にはしないが、期待の色が瞳に宿っている。

「明日は早くから動こうと思っている。それでもかまわぬか。明け方頃からうるさくして、迷惑をかけるかもしれぬ」

「明け方には、ほとんどの者は起きている。迷惑になどならんさ」

「そうか。なら、甘えさせてもらってよいか」

「むろんだ」

両手を合わせておきくが喜ぶ。その姿を見て、おれんがほほえんでいる。

「さて、それでどこに寝てもらうかだが、直之進、この部屋でよいか」

「もちろんだ」

「直之進さん。夕餉は済まされましたか」

笑みを浮かべておきくがきいてきた。

「実はまだだ。琢ノ介も食べておらぬ」

「でしたら、おなかが空いたでしょう。すぐに支度しますから」

きびすを返し、おきくが台所に向かう。おあきとおれんがそのあとに続いた。


ふと目が覚めた。

どのくらい寝ていたものか。まだ真夜中だろう。

直之進は肘《ひじ》を突いて体を起こした。腰高障子の向こう側に人の気配がしている。

誰か、と思ったが、直之進はすぐに覚った。布団をのけて起き上がる。屋内といっても外とほとんど変わらず、ひどく冷えており、身震いが出た。敷居に近づき、腰高障子を静かにあける。

案の定、廊下におきくが立っていた。

「どうした」

声を殺して直之進はたずねた。さすがにどきどきする。

「お顔が見たくて」

暗いが、おきくが潤んだ瞳をしているのはわかった。いかにも、触れなば落ちんといった風情だ。欲情が湧いたが、ここでおきくを抱いてもよいのか、と直之進は自問した。

「入るか」

とりあえずいった。さすがにおきくがためらう。直之進は引き寄せた。やわらかな唇を吸った。ああ、と感極まったような声をおきくが上げる。その声に我慢がきかなくなり、直之進はさらに抱き締めようとしたが、いきなり光右衛門の寝所から咳払いが聞こえた。はっとして見たが、光右衛門の姿はない。まさか気配を感じたわけではあるまいと直之進は思ったが、病人は眠りが浅く、勘が鋭くなっている。気づいたのかもしれぬ、と直之進が思ったとき、光右衛門がさらに苦しそうに咳き込んだ。咳は激しく、止まりそうにない。

「おとっつあん」

叫んでおきくが廊下を走り出す。直之進もすぐさま続いた。

おきくが腰高障子をあけ、中に入る。

「おとっつあん、大丈夫」

布団に横たわっている光右衛門は体を丸くし、咳き込み続けている。うしろに回ったおきくが必死に背中をさする。

直之進は行灯に火を入れた。真っ赤な顔をして咳き込む光右衛門の顔が視野に飛び込む。このまま死んでしまうのではないかと思えるほど、ひどい咳だ。

「医者を呼んでくる」

部屋を出ようとした直之進の背中に、かすれた声がかかる。

「ゆ、湯瀬さま、だ、大丈夫、で、ございますよ」

直之進はさっと振り返り、光右衛門を見つめた。

「しかし、そうは見えぬぞ」

「いえ、痰《たん》が絡んだだけですから。本当に大丈夫です。もう取れました」

直之進は光右衛門の顔を凝視し続けた。もう顔の赤みが薄くなっており、呼吸も平静なものに戻りつつあった。おきくはまだ背中をさすっている。

「まったくしつこい痰でしたよ。取ろうと思って咳払いしたら、急に喉と胸がかすれたような感じになって、咳が止まらなくなってしまいました」

首を振り向かせ、光右衛門がおきくを肩越しに見やる。

「おきく、ありがとう。もう大丈夫だ」

「おとっつあん、本当なの」

「ああ、嘘はいわんよ」

「それならいいけど」

おあきとおれんの二人が顔を見せた。琢ノ介もやってきている。

「今おあきに聞いたが、ひどい咳だったらしいな。舅どの、具合はどうだ」

「ありがとうございます。もう大丈夫ですよ。真夜中だというのに、皆に駆けつけてもらって、わしは幸せ者だ」

顔を上げて光右衛門が穏やかにいう。

「本当にもう平気だから、さあ、みんな、寝てくだされや」

琢ノ介とおあきがうなずき合い、廊下を戻りだした。おれんがそのあとに続く。直之進もおきくと一緒に出ようとした。

「湯瀬さま」

低い声で光右衛門が呼びかけてきた。

「こんな真夜中に、廊下でおきくといったいなにをしておられたのです」

ぎくりとして、直之進は足を止めた。おきくもびっくりして目をみはっている。

「なにしろ、二人が駆けつけたのは特に早かったですからな。起きていたとしか思えませんよ」

ごくりと唾をのんで、直之進は光右衛門に向き直った。

「いや、なにもしておらぬ」

潤んだ瞳と熱い唇の感触がよみがえり、直之進は心中どぎまぎした。

「湯瀬さま、わしがあの世に行く前に、孫を抱かせてやろうとお考えになり、ややこをつくろうとされていたのではないでしょうな」

「いや、しておらぬ。まだ祝言も挙げておらぬのに、そのようなことができるわけがない。しかも、おぬしと同じ屋根の下だ。無理だ」

「それでも、おきくの口ぐらい、吸われたのではないですか」

えっ、と直之進は詰まった。おきくは真っ赤になってうつむいている。

「ははあ、図星《ずぼし》でしたか」

光右衛門が好々爺《こうこうや》のようににこにこした。

「やはり口をお吸いになったのですね。これが初めてですか」

「えっ、い、いや……」

光右衛門の顔がさらに笑み崩れる。

「ほう、ほう、さようでございましたか。湯瀬さま、世間様にはいろいろいわれるかもしれませんが、一緒になる前におきくをはらませても、手前は一向にかまいません。ええ、湯瀬さまのことを叱りなどいたしませんよ。ご安心ください」

「い、いや、そういわれてもな」

この寒いのに額にびっしりと浮いた汗を、直之進は手の甲でぬぐった。

「しかし湯瀬さま、それにしても祝言を早く挙げるにしくはございませんよ」

「う、うむ、そのことについてはよくわかっている」

少しだけ直之進は落ち着きを取り戻した。

「おきくも一刻も早い祝言を望んでおりますので」

「うむ、それもよくわかっている」

ふう、と直之進は胸に大きく息を吸い込んだ。こめかみにも汗がにじみ出ていた。

「では、部屋に戻る。米田屋、ゆっくりやすんでくれ」

「はい、承知いたしました」

横になったまま、会釈気味に光右衛門が頭を動かす。

「湯瀬さま」

廊下に出ようとしたところをまた呼ばれ、直之進は振り向いた。

「とてもかわいらしゅうございましたよ」

「なんのことだ」

「湯瀬さまのことでございます。うろたえられた湯瀬さまには、手前、久しぶりにお目にかかったような気がいたします」

「おとっつあん、直之進さまをいじめるのはもうやめて」

おきくがたしなめる。

「おう、こりゃすまん。いじめたつもりなどなかったのだが」

枕の上で光右衛門が頭をかく。

「さあ、直之進さま、まいりましょう」

腰高障子をそっと閉めたおきくにうながされ、直之進は廊下を進み出した。

「ふう、まいった」

ゆっくりと歩を運びつつ、直之進は嘆息を漏らした。

「すみませんでした」

足を止め、おきくが深々と頭を下げる。

「私が馬鹿なことをしたばっかりに」

「とんでもない。俺はうれしかった。おきく」

両手を伸ばして静かに引き寄せ、直之進は再びおきくの口を吸った。ああ、とかすかな声を上げておきくがしがみついてくる。

まるでその二人の光景を見ているかのような間合で、こほん、と光右衛門の咳払いが耳に届いた。直之進とおきくは、さっと離れた。咳払いは一度きりで、もう聞こえてこない。高ぶった感情が一気に冷めた。肩をすくめるように苦笑し合って、直之進はおきくと廊下で別れた。

翌朝、朝餉を食した直之進は光右衛門を見舞ってから、米田屋の軒先に立った。今朝は曇りということもあるのか、凍えるような寒さではない。薄い雲に覆われた空の明るさが、わずかながらも春めいてきているような気がした。もうじき二月なのだ。いつまでたっても寒いままでは困る。少しくらいあたたかくなってくれなければ、気持ちが萎《な》える。

そばにおきくが寄り添っている。昨晩のことがあって直之進は少し気恥ずかしかったが、早くおきくと一緒になりたいとの思いが強まったのは紛れもない事実だ。

「琢ノ介、気をつけろよ」

今から得意先廻りに出かけるという琢ノ介に、直之進は釘を刺した。

「よいか、決して油断するな」

「わかっておる」

顎を指先でぽりぽりとかいて、琢ノ介が見つめてきた。ちらりと目をおきくに転じてから、顔を寄せて耳元にささやきかけてくる。

「直之進、おぬしこそ気をゆるめるなよ。おぬしも狙われるかもしれぬのだからな」

　おきくに気をつかって、直之進も低い声で返した。

「うむ、重々承知している」

「ところで直之進」

　顔をすっと離して、琢ノ介がふつうの声音でいった。

「昨晩、廊下でなにをしていたのだ」

　それを聞いたおきくがびくりとする。

「な、なにもしておらぬ」

「嘘をつけ。相変わらずおぬしはわかりやすいな。うろたえると、必ず言葉がつっかえる」

「そ、そんなことはない」

　にやりと笑って琢ノ介が肩を叩いてきた。

「わかった、わかった、なにもなかったことにしておこう」

「琢ノ介、とっとと行け」

　破顔して琢ノ介が店を出てゆく。心配そうにおあきと祥吉が店先に立って見送る。さっと振り返って、琢ノ介がにこにこと手を振った。あれが油断でなくてなんというのだろう、と直之進はあきれた。もし斬りかかられたら、まずよけられまい。

幸いにも襲いかかってくる者はなかったからよかったものの、肝が据わっているのか、それともただの馬鹿なのか、琢ノ介の振る舞いには、まったくもってはらはらさせられる。

「琢ノ介、気持ちを引き締めろ」

直之進が怒鳴るようにいうと、わかっておるというように琢ノ介が大きく顎を引いてみせた。それからは脇目もふらずに歩き出した。緊張が全身を覆っているのがわかり、あの分ならやられることはないと直之進は踏んだ。

おきくに向き直り、顔を見た。おあきと祥吉もおきくと同様、直之進を見つめている。

「これから、誰が琢ノ介を襲ったのか調べに行ってくる。本音をいえば琢ノ介の警護につきたいところだが、あの男は自分を守るすべを知っている。だから、案ぜずともよい。何度も修羅場をくぐっているし、そうたやすくやられる男ではない。しぶとさは俺以上かもしれぬ」

直之進はおきくに笑いかけた。

「では、行ってまいる」

「お気をつけて」

「うむ、かたじけない」

照れ隠しから堅苦しい言葉をかけ、体をひるがえして直之進は歩き出した。懐には琢ノ介が描いた若い職人ふうの男の人相書がしまわれている。目指すは根岸である。

歩きつつ、人相書を取り出した。

男の特徴をうまく引き出した絵を見つめ、琢ノ介はけっこう器用だな、と直之進は思った。相当うまい絵といってもよい。自分にまったく絵心がないから、誰が描いても大したものだと思うのだが、そういう思いを差し引いても、達者としかいいようがない。琢ノ介がこんなに絵が描けるとは、これまで知らなかった。知り合ってずいぶんたつのに、やはり人というのは奥深いものなのだな、としみじみ感じる。

高畠権現は、琢ノ介に場所を詳しく聞いておいたこともあって、探すまでもなく見つかった。

一の鳥居をくぐり、五十段ばかりの階段を見上げた。階段の先に二の鳥居があり、その向こうに境内が広がっているようだ。

下から見る限りではあまり広い境内とは思えないが、まわりは木々が鬱蒼《うっそう》と茂り、鳥以外に生き物のいる様子もなく、しんと静まり返っているところなど、昼間から天狗が刀を振り回していてもおかしくないような気配が濃厚に漂っている。これは、瘴気とでも呼ぶべきものなのか。いくら剣の腕があろうとも、あまり近寄りたくないと思わせる雰囲気である。

よし、行くか。刀に手を置いて直之進は階段を登りはじめた。以前は五十段ほどの階段などものともしなかったが、最近は歳を取ったのか、少し億劫《おっくう》に感じられる。こんなことではいかぬ、やはり鍛え直さねばならぬ、と思いつつ、一歩一歩を踏み締めるようにして直之進は登っていった。

境内には幅三尺ほどの石畳が敷かれ、それが小さな本殿につながっていた。しおれた赤い花がいくつか落ちている。直之進は歩み寄ると、一つを拾い上げた。

ふむ、やはり寒木瓜だな。

この花に意味があるのだろうか。直之進はあらためて考えた。ないはずがない。あるからこそ、頭巾の侍は琢ノ介に投げつけてみせたのだろう。いったいどういう思いで、この花を投げたのだろうか。やはりうらみ、憎しみだろうか。赤い花を袂《たもと》にしまい、直之進は本殿に近づいた。

財布を取り出して一文を賽銭箱に投げ、鈴を鳴らした。二礼二拍手一礼し、軽く辞儀してその場を去った。願ったのは琢ノ介を襲った者どもを捕らえることだ。もう少し賽銭を投げておけばよかったか、と直之進は思った。たった一文では、利生《りしょう》は期待できないかもしれない。

直之進は本殿の裏に回った。木々が深く茂っているが、高台にあるため樹間から見える江戸の眺めはなかなかよい。首を伸ばして、崖の下をのぞき込んでみた。

ふう、と高いところがあまり得手《えて》ではない直之進は吐息を漏らした。ここから落ちて、よく琢ノ介は死ななかったものだ。いくら途中に生えている木の枝などにつかまったといっても、あの男はやはり命冥加《いのちみょうが》なところがある。持っている運が強いのだろう。これで死ななかったのなら、やはりそうたやすくたばることはあるまい。

きびすを返して本殿正面に戻ると境内を突っ切り、直之進は階段を下りた。天狗の舞いとやらを見たかったが、瘴気らしいものが漂っているにもかかわらず、今のところこの神社に怪異や変化《へんげ》の類があらわれるようには思えなかった。

人相書を手に、直之進は高畠権現の周辺で聞き込みを行った。行き合った十数人の町人に人相書を手当たり次第に見せていったが、心当たりを持つ者は一人もいなかった。

すぐに手がかりがつかめるとは思っておらず、このくらいで落胆したり、へこたれたりするようなことはない。

なおも人々に人相書を見せて回ろうとしたが、不意に、そういえば、と直之進は思い出した。富士太郎に琢ノ介が襲われたことを伝えなければならない。昨夜のおきくとのことなどもあり、一晩寝てすっかり失念していた。こういうところも、歳といえるのだろうか。それとも、浪人暮らしが長くなり、緊張が失われたのだろうか。

今から町奉行所に行っても、すでに富士太郎は町廻りに出かけているだろう。どこかやってきそうな自身番で腰を落ち着け、待ったほうがいいだろうか。

だが、それもあまりにもったいない。なにもせず、ただ待つだけというのは、時を無駄にするようなものだろう。

琢ノ介もいっていたが、いま直之進がいる根岸は富士太郎の縄張だ。まだ富士太郎が来ていない自身番から離れることなく聞き込みを行えば、無駄なく会えるのではないか。

　直之進は通りかかった棒手振《ぼてふ》りに、いちばん近い自身番はどこかと尋ね、まずそこを訪ねた。中に詰めているのは一人だけだった。どうやら書役らしく、文机を前になにやら書き物をしていた。

　書役は直之進を見るや、いらっしゃいませ、とどこかの店の奉公人のような声を発した。

「樺山富士太郎どのはもうここに見えたかな」

　直之進がきくと、いいえ、と書役は首を振った。

「今日はまだいらしていません。あの、樺山さまになにかご用でございますか」

「うむ。樺山どのとは懇意にさせてもらっている湯瀬という者だが、ちと知らせたいことがあってな」

「はて、どのようなことでございましょう」

「その前に、これを見てくれぬか。知った顔かな」

　手にしたままの人相書を、直之進は差し出した。失礼いたします、といって書役が手に取り、じっと目を落とす。

「いいえ、見たことのない顔でございます」

「手を止めさせてすまなんだ」

軽く頭を下げて直之進は外に出た。それから自身番のそばに立ち、行きから町人たちに人相書を見せ続けた。さすがに江戸で、人はほとんど途切れることがない。

人相書の男のことを知っている者がいないまま四半刻ばかりが過ぎたとき、直之進の視野の端に黒いものが入った。顔を向けると、ちょうど角を曲がり、こちらに歩を進めはじめた富士太郎と珠吉の姿が目に映った。

まだ距離は半町以上もあるが、さすがにうれしくて、直之進は笑みを頬に浮かべた。富士太郎たちのほうへと足早に歩く。

五間も行かないうちに、富士太郎が直之進に気づいた。娘っ子のように右手を掲げ、直之進さーん、と明るい声を上げて、小走りに近寄ってきた。その仕草は、以前、直之進に惚れていた頃とまったく同じである。

「おはようございます」

元気よく挨拶する富士太郎の顔は上気している。

「こんなところで直之進さんに会えるなんて、今日はなんかついているなあ」

前に戻ったのかと直之進は一瞬ぎくりとしたが、面にあらわれている精悍《せいかん》さはこのところの富士太郎そのものだ。直之進に会えたことを素直に喜んでいるに過ぎない。

「おはよう、富士太郎さん、珠吉」

珠吉も、おはようございます、と返していねいに腰を折る。

「今日はあまり寒くなくて、いいですね。春近しを思わせますよ」

「まったくだ。暖かさが感じられて、寒がりの俺にはありがたい」

「それがしも寒いのは苦手ですから、暖かいのはうれしいですよ。それで直之進さん、ここでなにをしているんですか」

「富士太郎さんたちを待っていたんだ」

「えっ、それがしどもをですか」

「そうだ。これを見てもらおうと思ってな」

直之進は手にしていた人相書を差し出した。そっと富士太郎が受け取り、じっくりと見る。

「これは誰ですか」

「琢ノ介を襲った男だ」

「ええっ」

人相書から顔を上げて、富士太郎が瞠目《どうもく》する。珠吉も驚きを隠せない。

「どういうことですか」

直之進は、琢ノ介が昨日この近くの高畠権現の境内で襲われたことを伝えた。

「この男だけではない。もう一人、大太刀の侍がおり、その者に琢ノ介は追い詰められた」

「大太刀の侍……」

つぶやいて富士太郎が眉を曇らせる。

「平川さんは無事なんですね」

「うむ。大太刀の侍にかなりやられたことに加え、高畠権現の崖から落ちたこともあって小さな傷はだいぶ負ったが、なんの心配もいらぬ」

「えっ、高畠権現の崖から落ちたんですか。それで無事……」

富士太郎だけでなく、珠吉も目を丸くしている。

「平川さん、不死身ですね。あの人は雷に打たれても死なないんじゃないですか」

「まったくだ。なますにされても生きているかもしれぬ。今日も、なにもなかったような顔で得意先廻りに出かけた」

「そうなんですか。それはよかったのですけど、平川さん、大丈夫なんですか。また狙われやしませんか」

「もちろんその恐れはあるゆえ、決して油断するなといっておいた。あの男、軽はずみなところはあるが、そのあたりのことは十分に心得ている。おあきさんや祥吉のためにも簡単に死ぬことはできぬゆえ、大丈夫だろうと俺は信じている」

「そうですよね。平川さんはそんなにたやすくたばるたまではありませんよね」

　胸をなで下ろしたように富士太郎がほっと息をつく。珠吉も安堵の色を面に浮かべた。

「直之進さん、なにゆえその男たちに琢ノ介さんが襲われたのか、理由はわかっているのですか」

「それはまだわからぬ。琢ノ介にはいろいろときいてみたが、心当たりはなかった。それまでに妙な目は感じていたそうだが、まさか襲われるとは思ってもいなかったようだ。それで俺がこちらに調べに出向いたのだ」

「そういうことでしたか」

　人相書を目の前にかざして、富士太郎が仇《かたき》を見るかのようににらみつける。その顔には鬼気迫るものがあり、同心としてここ最近、相当の成長を遂げているのが納得できる迫力が感じられた。

「うーむ、見たことのない顔ですね」

「あっしもありやせんね」

珠吉が声を添える。

「それがしも、この男の人相書を手元に取っておこうと思います。直之進さん、ちょっとそこまでよろしいですか」

そういって富士太郎が自身番の戸をあけ、中に声をかける。

「ごめんよ」

「ああ、樺山の旦那」

先ほどの書役が腰を上げ、挨拶する。おはよう、と富士太郎が返す。うしろに直之進が続いているのを見て、本当に懇意にしていたんだ、という色が書役の顔に浮かんだ。

「ちょっと上がらせてもらうよ」

富士太郎がいうと、三畳の畳敷きの間に座っていた書役が体をずらした。

「どうぞ、お上がりください」

畳敷きの間に富士太郎が上がると、心得顔《こころえがお》の珠吉が矢立《やたて》と紙を渡した。ありがとう、といって受け取り、富士太郎が紙を文机の上に置く。書役から文鎮《ぶんちん》を貸してもらうや、すらすらと鮮やかな筆さばきで人相書を写し取りはじめた。

「この人相書ですが、誰が描いたのですか」

筆を動かしつつ、富士太郎がきいた。

「直之進さんですか」

「いや、俺に絵心がないのは、富士太郎さんはよく知っているだろう。琢ノ介だ」

「へえ、平川さんですか。意外といってはなんですが、平川さん、うまいですね。この男の特徴をよくつかんでいると思いますよ」

「俺もそう思う」

富士太郎の手が止まり、紙から顔を上げた。

「これでどうですか」

写し終えたばかりの人相書を直之進に見せる。手に取り、直之進は念入りに眺めた。

「さすがだな」

「では、合格ですか」

「もちろんだ」

「わあ、うれしい」

富士太郎がおなごのような声を発した。

「珠吉、おいら、直之進さんにほめられちゃったよ」

「旦那、よかったですね」

「まったくだよ」

にこにこと笑んでから富士太郎は冷静な顔に戻り、墨が乾くのを待って人相書を折りたたみ、懐にしまい入れた。

「それがしどもも、この男のことは忘れないようにします。見つけたら、必ずお知らせしますから。それから、たくさん写してもらうように手配りもします」

「頼む」

「旦那、もう一度、人相書を見せていただけますかい」

「ああ、いいよ」

富士太郎が取り出した人相書を手にして、珠吉がじっと見る。しばらくかたまったように見つめていた。

「よし、これで大丈夫だ」

珠吉が顔を上げ、人相書を富士太郎に返す。

「道ですれちがっても、決して見逃すようなことはありませんぜ」

「そいつは頼もしいね。頼むよ、珠吉」

「任しておいてくだせえ」

珠吉が、どんと自らの胸を叩く。

「これも見てもらえるか」

袂から取り出した赤い花を、直之進は富士太郎と珠吉に見せた。

「これはなんですか」

「緋木瓜の花ですね」

「珠吉のいう通りだ。寒木瓜ともいうそうだが、襲う寸前、大太刀の侍が琢ノ介に投げつけてきたのだ。しおれているのは一日たっているからだ」

「侍がこの赤い花を投げつけたのですか。なんのためでしょう」

「それもわからぬ。花を投げれば確かに目くらましにはなるが、なにも寒木瓜でなくともよかろう。琢ノ介にもいったが、命を狙うのならば、小柄を投げたほうがよほど効く」

「それはそうですね」

赤い花を手に取り、富士太郎がしげしげと見る。

「いったいこのきれいな花にどんな意味があるのでしょう。――直之進さん、これについても頭に入れておきます。なにか気がついたら、必ず知らせますから」

「よろしく頼む」

直之進は深く頭を下げた。

「直之進さん、それがしたちのあいだで、そんなかしこまったことはなしですよ。顔を上げてください」

直之進は素直にその言葉にしたがった。

「直之進さん、できるだけご期待に添えるようにがんばりますね」

穏やかにいったが、富士太郎の聡明そうな瞳には揺るぎない決意が宿されている。怒りらしい色もほの見えている。琢ノ介が襲われたことに、富士太郎は腹を立てているのだ。なんだかんだいっても、琢ノ介のことはとても大事に思っているのである。

友なのだから、と直之進は思った。それも当然のことであろう。

翁面が目を据える。

二

「鹿久馬、ずいぶん渋い顔をしておるの」

低い声できかれた。

「はっ」

滝上鹿久馬はさっと平伏した。

「もしや平川琢ノ介殺し、しくじったのか」

「申し訳ございませぬ」

「なにゆえしくじった」

鹿久馬はいいよどんだ。どうして失敗に終わったのか、自分でもよくわからないのだ。あそこまで追い込んだにもかかわらず、琢ノ介に逃げられたという事実を、今も受け入れることができずにいる。

「それがしに油断があったということでしょう。それしか考えられませぬ」

「どういう手立てを取った」

一礼し、鹿久馬は一部始終を告げた。

「ふむ、やり方は悪くない。それで取り逃がしたとは、信じがたいものがある。平川が存外にしぶとかったのだな」

「やつのしぶとさは、事前にわかっておりました。予期していた以上であったのは確かですが、取り逃がしたのは、それがしのしくじり以外のなにものでもありませぬ」

「しくじりは取り返せばよい」

翁面の天馬が穏やかな口調でいった。その言葉がありがたく、鹿久馬は畳に両手をそろえた。

「鹿久馬、まだ平川を狙うのか」

「はっ、そのつもりでおります」

翁面がゆっくりと横に動いた。かぶりを振ったのだ。

「平川は今のところやめておけ。別の者にせよ。気分を変えるのだ」

意外なことをいわれた気がして、鹿久馬は顔を上げた。

「湯瀬直之進を狙うということでしょうか」

「いや、湯瀬はまだ取っておくがよい。例の策を使って殺すのだからな」

「承知いたしました」

「策のほうは垣生高之進《かきおたかのしん》に命じてある」

高之進なら確かだ。剣の腕は大したことはないが、実務のほうはかなりのものだ。能吏《のうり》といってよい。

「順調に進んでおる。安心するがよい」

「はっ、ありがたきお言葉にございます。幸いなことに、我らは実務に長《た》けた者に事欠いておりませぬ」

「垣生には急がせておる」

「あの男ならば、全力をあげて事を進めておりましょう」

「うむ、その通りだな」

軽く息をついて翁面が見つめてくる。

「湯瀬などよりも、ずっとやりやすい者を選ぶがよい。標的は全部で五人。まずはとにかく血祭りに上げる者が必要であろう。一人を殺し、勢いをつけるのがよい」

鹿久馬の脳裏に浮かんだのは、一人の男の顔である。あの男ならば、殺れるのではあるまいか。

「どれ、鹿久馬、久しぶりに刀をまじえてみるか」

いきなりいわれ、鹿久馬は面食らいつつも天馬を見返した。

「いやか」

「とんでもない」

「鹿久馬の腕が落ちておらぬか、見てやろう」

「得物はなににいたしましょう」

「竹刀でよかろう」

「竹刀はどこに」

「縁側の下だ。鹿久馬、庭に出よ」

はっ、と答えて鹿久馬は立ち上がった。建物の外に出てかがみ込み、縁の下を見た。

二本の竹刀が置いてある。手を伸ばして竹刀をつかみ、鹿久馬は一本を天馬に渡した。庭に立った天馬が竹刀を一振りする。ひゅんと鋭く風を切る音がした。

天馬は気持ちよさそうだ。

「よし、やるか」

「はっ」

濡縁から少し離れたところで二人は向き合った。天馬が竹刀を正眼《せいがん》に構える。鹿久馬は八双《はっそう》の構えだ。

「行くぞ」

天馬が吠えるようにいう。

「ご遠慮なくどうぞ」

「ふっ、よい度胸だ」

翁面がにやりと笑ったように見えた。軽い気合をかけて、だんと土を蹴った。さすがの足さばきで、一瞬で間合が詰る。

翁面が視野から消えたと思ったら、いきなり突きが伸びてきた。鹿久馬の胸元を狙っている。竹刀の先が握り飯くらいの大きさに見えた。姿勢を傾け、かろうじて鹿久馬は竹刀をはね上げた。すぐさま上から竹刀が落ちてきた。それを打ち返したが、天馬の竹刀は重く、鹿久馬の腕はしびれた。

胴にきた。それはなんとか竹刀で受け止めた。間髪いれずに後ろに下がって間合を取った天馬が、またも一気に近づいて面を打とうとする。

首を振ってそれをかわし、鹿久馬は天馬の胴を払った。それは軽々とよけられ、今度は斜めに竹刀が振り下ろされた。

柄で受けた鹿久馬は左に回り込み、逆胴に竹刀を持っていった。これもあっさりと避けられ、またも竹刀が頭上から降ってきた。

それを竹刀ではね上げた。がしん、と強烈な衝撃が体に走り、鹿久馬は、うっ、と我知らず声を上げていた。

どういうわけか目の前が、夕闇が下りてきたように暗くなってゆく。しまった、やられる、と思ったが、頭や胴に痛みはやってこなかった。

その前に、暗黒のとばりが下りてきて鹿久馬の意識はぷつりと途切れた。

はっとして目をあけた。地面に横たわっている。気絶していたようだ。

目の端に人影が見え、鹿久馬はあわてて立ち上がった。天馬と稽古をしている最中だったことを思い出した。

天馬は濡縁に腰を下ろし、竹刀を杖のようについていた。はあはあと鹿久馬は荒い息をついた。

「今の剣はいったいなんでございましょう」

「鹿久馬、驚いたか」

「はっ」

「暇《ひま》に飽《あ》かせて工夫し、編み出した剣だ。名はまだつけておらぬ。どうだ、今の剣は実戦で使えると思うか」

「十分でございましょう」

「それを聞いて安心した」

翁面がにこりとしたように見えた。

「天馬さまの腕前はまったく落ちていらっしゃいませぬ。むしろ凄みを増しておられます」

「おぬしの兄に厳しく鍛えられたゆえ、その教えを守っているのだ。稽古は嘘をつかぬ、と口を酸《す》っぱくしていっておった」

「それがしもよく覚えております」

「父上にも厳しく教えられたの」

「はっ、懐かしゅうございます」

「あの頃はよかった」

翁面の中の目が細められ、遠くを見やる。その目がなんとなく優しげで、鹿久馬は見とれた。

それに気づいたか、天馬がこちらに顔を向けた。

「中に入るか」

天馬と鹿久馬は座敷に戻った。天馬が脇息にもたれかかる。

「鹿久馬、次の標的は定めたな」

「御意」

「そなたの腕なら大丈夫だ。自信を持ってやるがよい」

「はっ」

ところで、と天馬がいった。

「湯瀬のために米田屋が買おうとしていた道場だが、予定通り火を放て」

「承知いたしました」

「もし邪魔する者あらば、殺せ」

「はっ」

翁面がゆったりと背筋を伸ばした。

「よし、鹿久馬、行ってまいれ」

一礼して立ち上がった鹿久馬は、畳の上の大太刀をつかみ、腰にぐいっとねじ込んだ。

三

焼け跡を見るといつもそうだが、ため息しか出ない。

「ひどいものだね」

首を振り振り富士太郎は、かたわらに立つ珠吉にいった。

「まったくですね」

首を伸ばして珠吉が焼け跡を見回す。

「まったく全部焼けちまって、なにも残っていませんよ」

太い柱すらも焼き尽くされたのだ。火が出たとき富士太郎は屋敷でぐっすりと眠っていた。どれほどの火事だったのか知らないが、この惨状は、炎がいかにすさまじいものだったかを物語っている。

「ひどい火事だっただろうに、大火にならなかったことだけが幸いだったね」

「まったくですよ。不幸中の幸いというやつですね。——ここは、且助《かつすけ》さんの地所でしたね」

「ああ、そうだよ」

「姿が見えませんけど、どうしたんですかね。まだ知らせが届いていないんでしょうか」

「さて、どうかな。住まいはこの近くだからね、万が一のことなんかないと思うけど、ちょっと心配だね」

鎮火してからすでに二刻半以上がたち、ぶすぶすとくすぶるような音を立てて、灰色の煙がいくつか上がっているにすぎない。春らしさを感じさせるつややかな朝日を浴びて、今は町の者たちが後片付けに精を出している最中である。

「しかし旦那、ここは誰も住んでいなかったんですから、火の気はないはずですよね」

「珠吉のいう通りだよ。もしかしたら付け火かもしれないね。誰がなんのために火を放ったんだろう」

いやな予感が脳裏をよぎり、富士太郎は顔をしかめた。

「どうかしたんですかい」

「いや、なんでもないよ」

思いを振り払うように富士太郎は首を横に振った。

「ここは道場でしたね」

「そうだよ。米田屋さんが倒れたところだ」

「あのときはびっくりしましたね」

「うん、本当だね。倒れた人がいるって且助が自身番に駆け込んできて、行ってみたら、米田屋さんだったんだものね」

「米田屋さんはこの道場を買おうとしていたんですね」

「そうだよ。直之進さんのためにね」

「もう買えなくなってしまいましたけど、もし米田屋さんが手に入れていたら、湯瀬さまはどうしていたんですかね」

「直之進さんの気性からして、もらうことは考えなかっただろうね。米田屋さんから買うことになったんじゃないかね」

「買うにしても、米田屋さんはお金を受け取らないんじゃないですかね」

「そうだね。こんなことをいっては縁起でもないけど、米田屋さんは冥土《めいど》の土産に直之進さんの喜ぶ顔が見たかったのだろうね」

腕組みをし、むずかしい顔で珠吉が焼け跡を眺める。

「付け火だとして、米田屋さんが買おうとしていたこととなにか関係があるんですかね」

「さて、どうだろうね。あるのかもしれないけど、考えすぎのような気もしないでもないね。付け火だとしても、冬の江戸では火事は特に珍しくもないしね。ただ、平川さんが何者かに襲われたということもあるから、なんとなく気にはなるねえ。うん、正直、気にくわないよ。でも、ここは且助の持ち物だし、果たして関係あるのかね。どうだろうねえ」

「さいですねえ。よくわかりませんね」

同意して珠吉がうなずく。

そのとき焼け跡の端のほうで、わあっ、と一人の町人が悲鳴のような声を上げた。ちょうど梁《はり》らしい太い木を持ち上げたところで、それをどすんと落とした。

「どうした」

声をかけて他の者が近づいてゆく。

「いや、この梁をどけたら、下から人みたいなのが出てきたんだ」

「なんだと」

男たちが一斉に集まる。もちろん富士太郎たちも駆けつけた。

焼け焦げて真っ黒だが、明らかに人の死骸だ。思わず、うっ、と声を漏らしそうになったが、富士太郎はなんとかこらえた。先ほどのいやな予感がうつつになったのを感じた。

「これは誰ですかね」

死骸をじっと見て珠吉がつぶやく。

「且助かもしれないね」

「且助さんは独り者ですかい」

「確か、そうだよ。独り身で、女房も子もいない。一人暮らしだよ」

首を回して珠吉があたりを見る。

「且助さん、来ませんね」

「住まいに行ってみようか」

「ええ、そうしやしょう。それほど遠くありませんし」

ほんの三町ほど西に行って、富士太郎たちは足を止めた。

こぢんまりとした家だ。建坪は十五坪ほどだろう。一人で暮らすのに不足はない広さだろう。

まわりを背の低い生垣《いけがき》がめぐっている。枝折戸が設けてあり、富士太郎たちはそれをあけて、庭に入り込んだ。ひなたぼっこによさそうな濡縁があり、穏やかな陽射しが当たっている。腰高障子はしっかりと閉められ、中に人が動く気配は感じられない。

一応、訪いを入れてみたが、案の定というべきか、応えはない。もう一度声をかけて富士太郎は濡縁に上がり、腰高障子をからりとあけた。六畳間の座敷は無人で、ひんやりとした大気だけが居座っていた。それがゆっくりと這《は》い出てくる。

「いないね」

「ということは、あの仏はやはり……」

「そうかもしれないね」

富士太郎と珠吉は敷地の外に出て、隣の一軒家の女房に話を聞いた。ちょうど洗濯物を干しており、庭に出ていた。

「ああ、且助さんなら、昨晩、出かけていきましたよ。あたしが豆腐を買って戻ってきたとき、ちょうど顔を合わせたんですよ」

「どこに行くかいっていたかい」

「飲みに行くっていってました」

「且助には、なじみの飲み屋があるのかい」

「焼けた道場の近くの岩澤《いわさわ》って居酒屋ですよ」

女房が眉を曇らせる。

「八丁堀の旦那がここにいらしたってことは、昨夜の火事と旦助さん、なにか関係があるんですか」

「焼け跡から仏が出たんだ」

「えっ、そうなんですか。旦助さん、岩澤で飲んだあと、ここに戻るのが億劫《おっくう》だからって、道場に泊まることがあるんですよ」

「えっ、そうなのかい」

「ええ、昨夜もそうだったんじゃないんでしょうか」

富士太郎は珠吉をうながし、道場に戻った。死骸をあらためて見る。それからまわりに集まっている町の者に告げた。

「どうやら旦助でまちがいないようだよ。どうも酔ってここに泊まっていたらしい」

「そうなんですか」

年かさの男が疲れたような息をついた。

付け火か、と富士太郎は下を向いて考えた。瞳に旦助らしい死骸が映り込んでいる。この仏、と富士太郎は思った。まさか殺されてから焼かれたなんてことはないだろうね。

真っ黒なせいで、害されているのかなど、もちろんわからない。だが、火が付けられるところにちょうどかち合ってしまい、殺されたということは十分に考えられる。

この一件は直之進さんに話しておくべきだろうかねえ、と富士太郎は考えた。とにかく、まずは且助に対するうらみということを頭に入れて探索に当たらなければならない。

「珠吉、さっそく聞き込みをはじめようかね」

「へい、そうしましょう」

富士太郎の考えたことはすでに珠吉も思案済みのようで、大きく顎を引いてみせた。

こういうところは、一緒に仕事をしていてとてもありがたい。いちいち説明する必要がないというのは、阿吽《あうん》の呼吸が二人のあいだにあることを意味する。これは長年、ともに仕事をしないと、決してできあがらないものだろう。珠吉のことはもっと大事にしなきゃいけないね、と富士太郎は思いを新たにした。

「まずは岩澤からだね。何刻《なんどき》に且助が引き上げたか、きかなきゃならないよ。そのあとは、この道場の周辺で怪しい者を見た者がいないか、調べなきゃいけないね」

懐に手を当て、富士太郎はちらりと思った。この人相書の男が関係しているというようなことは、ないだろうか。

四

——つけられている。

和四郎は覚った。いま一人で田端にある登兵衛の別邸に向かっているところだ。

いつからつけられているのか。軽く舌打ちし、和四郎はきゅっと眉根を寄せた。迂闊なことにまったくわからなかった。

登兵衛の用事を片づけ、足を急がせていた。

それにしても、と和四郎は思った。いったい誰がつけているのか。つけられるような覚えはない。勘ちがいだろうか。いや、そんなことはない。明らかに背後の者はこちらの歩調に合わせ、足音を殺している。

　和四郎がつけられているのに気づいたのは、首のあたりにもやもやしたものを感じたからだ。人の目には確かに力があり、首から上を見つめられると、誰かに見られていることがはっきりとわかるものだ。

　だから和四郎たちが人をつけるときは、首から上をできるだけ見ないようにする。腰のあたりに目を据え、あとをつけてゆくのだ。そのあたりのことは、尾行をよくするような生業の者は心得ているはずだ。となると、背後にいる者は素人《しろうと》ということか。

　距離も近すぎるようだ。ふつう人をつけるとき、八間ほどが最もいい距離だと和四郎は教わった。尾行している者に感づかれにくく、こちらはほとんど見失うことがない。

　だが背後にいる者は、五間ほどしか離れていない。これでは、気づいてくれといっているようなものだ。しかも、和四郎はあまり人通りがないところを歩いているために、つけてくる者がよく目立つのだ。

　素人にどうしてつけられねばならぬのか。捕らえて吐かせるか。いや、そうではなく、背後の男をまず撒き、逆に相手をつけるほうがよいのではないか。つければ、男の隠れ家なり、根城なりがわかる。男の背後にいる者もきっと知れよう。

よし、待ち伏せてやろう。決意した和四郎は近くに神社があるのを見て取った。

あそこにするか。

「ちょっとお参りしてゆくか」

背後の男に聞こえるような声を出し、和四郎は懐から財布を取り出した。古ぼけた木の鳥居をくぐり、木々の深い境内に足を踏み入れた。左側に水舎《みずや》があり、手を洗うふりをしてそちらに向かった。男が鳥居を今くぐったところだった。和四郎は水舎の陰にまわり、背後の杉の大木にするすると登った。二丈ばかり上がり、そこから下を見下ろした。

あれ、と声を発して小走りにやってきたのは、若い侍である。和四郎を見失い、おろおろしている。

「あやつ、どこに行った」

いまいましげに舌打ちする。

和四郎はあまり見つめすぎないように侍の顔を冷静に眺めた。一度も見たことのない顔だ。

どうしてこの若い侍につけられなければならないのか。

「滝上さまに叱られるぞ」

眉を八の字にして、侍がつぶやく。

滝上だと、と和四郎は思った。その名には心当たりがある。

あれは確か――。

思案を続けようとしたその矢先、若い侍がきびすを返した。

「くそう」

毒づいて足音荒く鳥居に向かう。

「しくじった。まったくなんてことだ」

大股に鳥居を出ていった。

それを見届けて和四郎は音もなく地面に降り立った。

「よし、行くか」

決して油断することのないよう自らにいい聞かせて鳥居に身を寄せた。侍は肩を怒らせて足早に歩いている。

距離は半町ほどを取った。八間では振り返られたら、覚られてしまうかもしれない。これだけ距離を置けば、侍が振り向いたとしてもすぐにはつけられているとは思うまい。半町ほどの距離があっても、あの侍は見失わないという自信があった。

三町ほど進んで、侍がふと右に折れたのが見えた。やや急ぎ足になって和四郎は進んだ。

侍が入って行ったのは、塀に囲まれた路地だった。路地の先には林があり、緑濃く茂った木々のあいだから神社の本殿らしい建物が見えている。路地は神社への参道だろう。それにしても、江戸は本当に神社や寺の類《たぐい》が多い。

和四郎は慎重に参道に足を踏み入れた。

だが、侍の姿がない。もう神社に入ってしまったのか。だが、小さな鳥居の先にもいるように見えない。忽然《こつぜん》と姿を消した感じだ。

いやな思いを和四郎は抱いた。

もしや俺は誘われたのではないか。ふと足元に緋木瓜らしい花がいくつか落ちているのに気づいた。その赤が血を連想させた。これ以上進んではならないような気がして、和四郎は歩みを止めた。

背後に人の気配を感じた。和四郎はさっと振り返った。

そのときには、一筋のきらめきが視野に入り込んでいた。

刀だ、と直感した和四郎はすぐさま後ろにはね跳んだ。懐の匕首《あいくち》を取り出そうとしたが、どういうわけか体に力が入らない。

なんだ。

和四郎は戸惑った。肩に強烈な痛みがやってきた。驚いたことに、左肩が二つに斬り割られていた。傷口からおびただしい血が流れ出ている。

よけたはずなのに。

目の前にいる侍が手にしている得物が大太刀なのにようやく気づいた。自分の思っていた間合以上に、刃が伸びてきたのだ。

「何者」

だが、侍はなにも答えない。頭巾からのぞく目がひどく冷たい。

「どうして……」

ああ、そうか。わかったぞ。

だが、それは声にならず、和四郎はがくりと両膝をついた。

意識が遠のく。暗黒の中に、さらにどす黒い口があいているのがはっきりと見えた。体がそこに吸い込まれてゆく。

「あっ」

我知らず声を上げていた。そこに幼い頃死んだ母親がいた。にこにこと笑って両手を広げている。

第四章

一

　富士太郎と珠吉が長屋に来ているところに、来客があった。障子戸をあけて直之進が顔をのぞかせると、路地に立っていたのは登兵衛からの使者だった。和四郎が来られないときによく使いをする子之助《ねのすけ》である。

「ああ、じゃあ、直之進さん、それがしどもはこれで失礼しますね」

　気を利かせて富士太郎がいった。

「富士太郎さん、珠吉、よく知らせてくれた。かたじけない」

　畳の上に戻って正座し、直之進はていねいに辞儀した。

　破顔した富士太郎が両手を目の前で振る。

「いえ、いいんですよぉ。直之進さんにお知らせするのは、それがしどもにとって当然のことなんですから」

　笑みを消し、富士太郎が真顔になる。ささやくような声でいった。

「直之進さん、最後によろしいですか。道場に付け火をされ、且助が死んだことは、琢ノ介さんが何者かに襲われたことと関係あると思いますか。且助が殺されたかどうかは、正直まだわかっておらぬのですが」

「俺は関係あると思う」

「やっぱりそうですか。理由は」

「特にない。道場に火を付け、且助という男を殺してなにになるのか、という思いしかない。しかし、なんともいいようのない、いやな感じが胸の中で渦巻いているのだ。だから関係あると思ったまでなのだが」

「なるほど、そういうことですか。でも、それがしも直之進さんと同じ考えですよ。それがしと珠吉で、且助の一件を調べ上げて、どんな因果《いんが》があるのか、必ず明かしてみせます」

「よろしく頼む。俺のほうも誰が琢ノ介を襲ったのか、力を尽くして調べるつもりだ」

　さっぱりした顔になり、富士太郎が頭を下げた。

「では、これで。お客さんをあまり待たせてはいけませんからね」

珠吉をうながし、富士太郎が外に出た。路地で子之助に挨拶して、二人は足早に長屋の木戸を出ていった。

「すまなかったな、子之助」

声をかけて直之進は使者を招き入れた。

「汚いところで済まんが、座ってくれ」

「いえ、立ったままでけっこうです」

硬い声で子之助がいう。青白い顔をしていることに、直之進は初めて気づいた。

「どうした、なにかあったのか」

この前和四郎に会ったとき、影が薄かったことがちらりと頭をかすめた。いや、和四郎になにかあるはずがない、とその思いを払いのけるように首を振った。

「和四郎どのが死にました」

抑揚《よくよう》を感じさせない声で子之助がいった。

「なんだって」

耳を疑うという感じを直之進は初めて抱いたような気がした。

「刀で斬り殺されたのです。昨日の夕刻のことです」

「斬り殺された……」

にわかには信じがたい。信じられない。

「嘘だろう」

「いえ、残念ながら……」

「――誰に殺られた」

ききながら、琢ノ介を襲った者に殺《や》られたのではないか、という思いが浮かんできた。

「わかりません」

子之助が力なくうなだれる。

「登兵衛さまがご足労願いたいと申しております」

「和四郎どのの遺骸は」

「田端の別邸に運んであります」

「わかった、行こう」

刀を腰に差し、直之進は子之助とともに長屋をあとにした。風が強く吹き渡り、砂塵をもうもうと巻き上げているが、どういうわけかあまり寒さを感じない。体が、まるで岩と化してしまったかのようにかたく重い。

ずいぶんと物々しい。

姿はほとんど見えないが、大勢の者がこの別邸の守りについているのが感じられた。

和四郎が殺されたことで、別邸の者は殺気立っているということか。

子之助に先導されて、直之進は奥の座敷に足を踏み入れた。

深く頭を下げた登兵衛が、畳に両手をそろえる。

「湯瀬さま、よくいらしてくれました」

すぐさま直之進は正座をした。

「和四郎どのの身になにが起きたのです」

「それがよくわからぬのです」

登兵衛の目は赤く、腫《は》れていた。

「まずは和四郎に会ってやってください」

登兵衛が立ち上がり、直之進を先導する。

隣の部屋に布団が敷かれ、そこに一人の男が顔に白い布をかけられて寝かされていた。

枕元に座り、直之進はしばらく見つめていた。これが和四郎であると認めたくない。和四郎と二人で探索に臨み、何度も何度も危機を乗り越えてきた。和四郎は直之進にとって同士といえた。その和四郎が死んだ。しかも殺されたという。受け入れられるはずがなかった。

「顔を見てやってください」

登兵衛にいわれたが、直之進の手はしばらく伸びなかった。息を幾度も入れ、腹を決めてから静かに白い布をつまんだ。そっとめくり上げる。

「ああ」

我知らず嘆声が出た。

「和四郎どの……」

安らかな顔つきをしている。死んでいるとは到底思えない。信じろというほうが無理だ。それに、あまりに突然すぎる。いくら和四郎の影が薄かったといっても、まさか本当に死ぬなどとは思いもしなかった。

呆然として直之進は和四郎の顔を見つめ続けていた。

「和四郎どのっ」

名を呼んだ。だが、答えはない。もう一度呼んだ。二人で助け合って窮地を脱したときのことがよみがえった。人なつこい和四郎の笑顔を思い出す。もう二度とあの笑顔に会うことはないのか。嘘だろう。

こみ上げるものがあり、直之進の目から涙がじわりと出てきた。いったん堰《せき》を切ると、とめどなく流れ出てくる。直之進は和四郎にすがりつき、いつしか号泣していた。

悲しくて悲しくてたまらない。こんな悲しいことが世の中にあっていいのか。理不尽ではないか。

「少しは落ち着かれましたか」

穏やかな声が背中にかかる。

座敷が静かになっていることに、直之進は気づいた。ようやく自らの号泣がおさまったのである。

まだ少し涙がにじんでいる。それを指先でぬぐって直之進は顔を上げた。登兵衛の赤い目が、直之進を優しく見つめている。

登兵衛どののほうが自分よりずっと悲しいはずなのに。

「取り乱してしまい、失礼した」

「いえ、謝られる必要などございません。湯瀬さまにそれほどまでに悲しんでいただいて、和四郎もきっと喜んでいることでございましょう」

次の瞬間、うっ、とうなって登兵衛が目頭を押さえる。その姿勢のまま、しばらくじっとしていた。

「失礼いたしました」

目をあけ、ふう、と息をついてから登兵衛が何度か小さく首を振る。

「まだ信じられないとの気持ちが強く、不意に涙が出てきてしまいます。それにしても、ひどい傷でございました」

白い布を手にし、登兵衛が和四郎の顔にそっとかける。

「袈裟懸けに一太刀でございます。和四郎があまり苦しむことなく逝《い》けたのがせめてもの救いにございましょう。和四郎は隠密《おんみつ》として生きておりましたから、非《ひ》業《ごう》の死は覚悟の上だったでしょうが、手前にとってもあまりに突然のことで、まだ心の整理がつきません。なんと申しましても、いま我らは隠密としての仕事を抱えておりませんでした。ゆえに、まさかこのような仕儀に立ち至るとは夢にも思わなんだ……」

「誰に殺《や》られたか、まだわからぬということだったが」

「はい、まったく見当もつきません。ただ、どういう意味なのか、この花がいくつか遺骸の上に散らされていました」

登兵衛が懐から赤い花を取り出した。

「寒木瓜の花でございます」

やはり琢ノ介と同じ根っこだったか、と愕然とした直之進は、はたと思い当たって袂を探り、手に触れたものをそっとつかみ出した。それを登兵衛の前に置く。

「こ、これは」

「うむ、しおれているが、寒木瓜の花だ」

登兵衛が刮目《かつもく》し、直之進を見つめる。

「なにゆえ湯瀬さまがこの花を」

「実をいうと、先日、琢ノ介が襲われたのだ。やつは無事だが、襲われたときにこの花を投げつけられたそうだ」

「では、平川さまを襲ったのと、和四郎を殺したのは同じ者ということですね」

「まずまちがいなかろう。琢ノ介は根岸の神社で二人組に襲われ、かなりの傷を負わされたが、なんとか逃げ切った。やつらは琢ノ介のしぶとさに嫌気が差し、標的を和四郎どのに変えたのかもしれぬ」

力なく登兵衛が肩を落とす。

「和四郎には平川さまのようなしぶとさはなかったというわけですね」

「今度はしくじらぬという決意で、やつらも万全を期したのだろう。そういう者の襲撃を逃れるのはよほどの手練《てだれ》でもむずかしい。もし襲われる順序が入れ替わっていたら、殺られたのは琢ノ介のほうだったろう」

顔をゆがめて直之進はうなだれた。

「琢ノ介が襲われたことを、登兵衛どのに伝えておけばよかった」

登兵衛がゆっくりとかぶりを振る。

「湯瀬さま、ご自分をお責めになりますな。平川さまが襲われたことを知らされていたとしても、我らにもその矛先が向いてくるなど考えもしなかったでしょう。それができるのは、神さまぐらいしかおりませんよ」

確かにそうかもしれないが、なんとかできたのではないかとの思いを消し去ることはできない。

「湯瀬さま」

平静な声で登兵衛が呼びかけてきた。

「手前は、和四郎の体の上に置かれていた寒木瓜について、よくよく考えてみたのです」

それを聞いて直之進は顔を上げた。

「実は堀田《ほった》家の家紋が木瓜《ぼけ》なのです」

「堀田家というと、備中守《びっちゅうのかみ》正朝《まさとも》の家だな」

「ええ、さようです。ご存じかもしれませんが、家紋の場合は木瓜と書いて『もっこう』と読ませるのです。堀田家の家紋は堀田木瓜といって、堀田家独自のものといってもよいのです」

「堀田正朝か。阿漕《あこぎ》な男だった」

「阿漕という言葉ではおさまりません。まさに悪逆非道というのがぴったりでしょう。老中首座という要職にありながら、腐《くさ》り米という名目でお蔵の米を横流しし、莫大な財をなした男でございます」

「うむ、よく覚えている」

堀田正朝は、邪魔な者や用済みになった者を容赦なく始末していった。剣の達人でもあったが、最後は直之進自身が倒した。堀田家は取り潰しになり、家臣たちは散り散りになったと聞いている。

「最初に琢ノ介が襲われ、次に和四郎どのが殺されたのは、堀田正朝に関係ある者の仕業ということになるのか」

「復讐にございましょうな」

「復讐……」

直之進は目をぎらりと光らせた。それを見た登兵衛がわずかに身を引く。すぐさま直之進は瞳から力を抜いた。

「確かに、腐り米の一件には琢ノ介も絡んでおり、活躍もした。和四郎どのはむろんのことだ。だが堀田正朝が死んだのは、自業自得といってよい。あの男は数多くの者をあの世に送った張本人だ。いずれ死ななければならなかったのは、自明の理のはずだが、正朝の死を受け入れられずにうらみに思っている者がこの世にはいるというのだな」

「さようにございます」

しばし目を閉じ、直之進は考えに沈んだ。

「琢ノ介を襲い、和四郎どのを殺した者は堀田正朝の縁者と考えてもよいのだろうか」

「はい、それでよろしいかと思います」

「縁者たちは今どこでなにをしている」

「正朝以外の者はすべて存命しています。取り潰しに遭ったとき、命を取られた者は一人もおりません。正朝の妻や子、娘たちはそれぞれ別々の大名家にお預けになっています」

「江戸にいる者はおらぬのか」

「はい、一人もおりません」

息を入れ、少し間を置いてから登兵衛が続ける。

「しかし、正朝の縁者の誰かがこの江戸にやってきているのは、疑いのない事実にございましょう。手前は今、その者たちの消息を調べはじめたところでございます」

「消息が知れた者はいるのか」

勢い込んで直之進はたずねた。

「いえ、まだほとんどの者の確認は取れておりません」

座り直して姿勢を正し、直之進は新たな問いを登兵衛にぶつけた。

「堀田家の遺臣はどうしている」

「堀田家が取り潰されたせいで、多くの者が路頭に迷いました。その遺臣たちのこともいま調べはじめたところでございます」

「堀田正朝といえば――」

軽く息をつき、直之進は脳裏に浮かんだ名をいくつか口にした。

「土崎《つちざき》周蔵《しゅうぞう》、島丘《しまおか》伸之丞《しんのじょう》、滝上《たきがみ》弘之助《こうのすけ》といった配下がいたな」

「おりました。一流を興してもおかしくないほどの遣い手や一筋縄ではいかない者ばかりでしたが、湯瀬さまのご活躍で、すべて屠《ほふ》ることができました」

「正朝の縁者は、もちろん俺も狙ってくるだろうな」

「和四郎が殺害された以上、手前もでしょう」

この別邸に何者かが忍び込み、登兵衛を襲うのではないかという恐れから、この屋敷は物々しい雰囲気に包まれているのだろう。

「湯瀬さま、これまでに前触れ、兆しといったようなものをお感じになったことはありましたか」

「同じことは琢ノ介にもきかれたのだが、思い当たる節はなにもないのだ」

「さようでございますか。手前も同じでございます。おそらく和四郎もそうだったのでしょう。湯瀬さま、決して気をゆるめてはなりません。なにもないと油断させておいて、一気に襲いかかってくるということも、十分に考えられます」

「うむ、よくわかっている」

深くうなずいてから、直之進は登兵衛にいった。

「土崎や島丘、滝上といった者にも、当然縁者はいただろうな」

「おりましたでしょう」

「その血縁にも、きっと腕の立つ者がいるのだろう」

はっとして登兵衛が目を上げる。

「その者に、和四郎は殺られたのかもしれないのですね」

うむ、と直之進は首を縦に動かした。

「それが最も考えやすい」

うーむ、と登兵衛がうなる。

「土崎や滝上に匹敵する腕前の者でしょうか」

「その通りだ。何度も修羅場を乗り越えてきた和四郎どのを一撃で倒すなど、並の腕の者にできる業ではない」

目を落とし、直之進は和四郎の遺骸に目をやった。

必ずおぬしの仇は討つ。今はまだ成仏《じょうぶつ》できぬであろう。必ず俺がおぬしの無念は晴らす。必ずだ。

ふと見やると、登兵衛も厳しい顔つきで和四郎を見つめていた。なにか自分にいい聞かせている。直之進と同じ決意を胸に刻みつけているのは、疑いようがなかった。

二

兄の無念を晴らす。

今の滝上鹿久馬には、この思いしかない。

半年ほど前、主家の堀田家は取り潰しの沙汰を受けた。その直前、兄の弘之助は湯瀬直之進に斬り殺された。

どんな思いで兄は死んでいったのか。身もだえするほど悔しかったのではあるまいか。

とにかく、と鹿久馬は思った。湯瀬のみならず、殿を殺し主家を取り潰しに追いやった者すべてを殺すのだ。主家の再興を望んだところで、自分が生きているあいだはうつつのものとはならないだろう。

ならば、復讐の道しかないと思い定めたのである。幸いにも、同じ思いでいる家臣を見つけるのはさしてむずかしいことではなかった。多くの者が、主家が取り潰しにまで追いやられたことに理不尽さを覚え、主君の無念を晴らしたいと考えていたのだ。

主君の死は、当初、切腹ということで、ほとんどの家臣には伝えられた。だが本当は斬り殺されたのではないかという噂が流れた。鹿久馬は驚愕した。だが、主君の死についてなんとなく妙だと思っていたのが、その噂を耳にして腑に落ちた。殺されたとするなら、納得できた。

――いったい誰に殺されたのか。

調べるのはなかなか難儀だったが、それが湯瀬直之進という男であるのが知れたのである。

調べを進めると、直之進は、登兵衛という男に腕を見込まれて動いていたことがわかった。登兵衛は淀島《よどじま》という姓を持ち、勘定奉行枝村伊左衛門の家臣だった。枝村は正朝の政敵である水野伊豆守忠豊の一派の要人で、その命を受けた登兵衛は正朝を倒すために、さまざまな画策をしたのだ。正朝はその策にはまり、命を落としたのである。

登兵衛の配下に和四郎という者がおり、その者が直之進の手足となって、こそこそと動き回っていた。おかげで正朝は死に追いやられた。

正朝自身、剣の達人だった。すさまじいまでの剣を遣った。鹿久馬は正朝の直弟子の一人だった。それだけの遣い手が、最後は直之進とやり合って死んだのだ。

殿が正面切って戦って、一介の浪人に後れを取るはずがない。きっと直之進は卑怯《ひきょう》な手を使ったに相違ないのだ。

それならば、家臣として主君の仇を討たねばならないのではないか。古くは赤穂浪士《あこうろうし》の例もある。

いま鹿久馬たちが標的としているのは、主君を死に追いやるために実際に動いた五人である。だが、いつか枝村伊左衛門と水野伊豆守も殺すつもりでいる。

その前にまずは、五人すべてを屠らねばならない。

「どうした、鹿久馬。なにを考えている」

声をかけられ、鹿久馬は翁面を控えめに見返した。

「いえ、ちと兄のことを考えておりました」

「弘之助か。まことすばらしい剣を遣う男であったな」

「ありがたきお言葉にございます」

翁面の両目に、ぎらぎらした光がたたえられる。

「弘之助も湯瀬に殺されたのだったな」

「御意」

「あの男、八つ裂きにしてやりたい」

「それがしもでございます」

翁面の目から強い光が薄れた。脇息にもたれかかる。

「そのときがきたら、鹿久馬、必ず湯瀬には目にもの見せてやるがよい」

「はっ、仰せの通りにいたします」

こほんと天馬が咳払いし、痰を切るように喉を鳴らした。

「それで鹿久馬、今日は何用でまいった」

「お知らせにまいりました」

翁面の目が輝く。

「殺ったか」

「はっ、和四郎を屠りました」

「そうか、殺ったか。よくやった」

うれしそうにいって天馬が身を乗り出す。昂揚《こうよう》した気持ちを抑えられずにいるようだ。

「鹿久馬、どのように殺した」

どういう手立てを取ったか、鹿久馬は詳しく話した。

「そうか。袈裟懸けに一太刀か。和四郎とやらは少しは苦しんだかの」

鹿久馬は残念そうに首を振った。

「苦しんでおらぬのか」

「そういうことにございます。それがしの太刀は和四郎の体をほぼ両断いたしました。やつはほとんど痛みを覚えぬままあの世にいったものと」

「そうか。そなたの斬撃が鮮やかすぎたか」

翁面の目がゆがんだ。そして、すぐに命じてきた。

「鹿久馬、よいか。次に殺す者は、苦しむようにするのだ。よいか、必ずぞ」

翁面の瞳が異様に輝き、青白い炎のような光を放っている。切り刻まれて死んでゆく者を、目の前にしているかのようだ。

「承知いたしました」

目を伏せ、鹿久馬は静かに答えた。

「それにしても鹿久馬、よくやった。和四郎を殺したことは大きな手柄ぞ」

「ありがたきお言葉」

天馬にほめられ、鹿久馬は満足の思いで一杯になった。やはりこのお方にほめられるのは格別だ。このお方のためなら、なんでもできる。水火《すいか》も辞さずどころか、命を捨てることすら厭《いと》わない。

鹿久馬、と天馬が名を呼び、唐突に問いを投げてきた。

「気になるか」

なにがでございますか、とき返すのはたやすい。だが、それでは天馬は喜ばない。鹿久馬としては、ここはなにをきかれているのか、ずばり当てたい。

鹿久馬は一瞬、頭をめぐらせたに過ぎなかった。

「大いに気になります」

「どういうふうに気になる」

「湯瀬直之進を屠る策が、垣生高之進の手で着々と進んでおるかどうか、とても気になります」

翁面がにこりとしたように見えた。

「むろんすばらしいはかどり方のようぞ」

「楽しみでございます」

「まったくだ」

天馬の声が弾む。

「鹿久馬、それで次は誰をあの世に送る。すでに狙いは定めてあるのだろう」

「もちろんでございます」

「誰を狙う」

少し間を置いてから鹿久馬は名を告げた。

翁面に、かすかな驚きが刻まれたように見えた。

「ほう、やつを殺すか」

「今こそ好機です。やつはまだ本調子とはいえませぬ」

「そうか、そこを狙うか。鹿久馬、手段は選ばずというやつだな」

「御意」

鹿久馬は深く頭を下げた。

「よし、やつを殺してこい。期待しておる」

「必ずや成功させてご覧にいれます」

必ず殺す、と鹿久馬は胸に刻みつけた。

三

堀田家は取り潰され、家臣は散り散りになった。

遺臣たちの居どころが知れたら教えてくれるよう登兵衛に頼んで、直之進は田端の別邸をあとにした。

和四郎の仇を討たねばならない。

和四郎はどんな思いで死んでいったのだろう。まだ若かった。二つ下ではなかったか。また悲しみが湧き上がってきた。泣きそうになる。だが、その思いを直之進はなんとか押し殺した。ここで泣くわけにはいかない。涙は悲しみを和らげてしまう。そうしてはならない。この悲しみをこのままずっと持ち続けるのだ。

和四郎を殺した者を地獄に送り込む。どす黒い気持ちが心の底でうねるように渦巻きはじめている。

和四郎殺しと琢ノ介が襲われたことが復讐であるならば、堀田家の取り潰しに手を貸した者すべてが危ないということになる。

自分や登兵衛どのも標的のうちにちがいない。

ほかの者はどうだろうか。たとえば、おきくだ。妻になる女。恰好の標的ということにならないか。琢ノ介でいえば、おあきに祥吉。

そういう者たちが狙われたら、守りきれるか。

どうすればよい。

用心棒をつけるしかないか。腕利きの者に護ってもらい、そのあいだにこちらがすべてを暴き出し、敵を捕らえる。あるいは討つ。

とにかく一刻も早く調べを進めることだ。旧堀田家の者が絡んでいるのなら、琢ノ介を襲った二人だけということはあり得ない。もっとまとまった人数が加担しているはずだ。その者たちを殲滅《せんめつ》してしまうことだ。和四郎の死が無駄にならぬようにしなければならぬ。

どこから手をつければよいか。旧堀田家の者の仕業ではないかという推測が成り立って、逆にどう調べを進めるべきなのか、直之進は迷っている。

とにかく根岸だ、と思った。高畠権現で琢ノ介は襲われた。やつらは根岸に土地鑑があるのではないか。根城もあるのかもしれない。

手がかりは唯一、懐にしまってある人相書だ。琢ノ介が描いたこの人相書を、できるだけ多くの人に見てもらうのだ。そうすれば、きっと人相書の男のことを知っている者が出てくるにちがいない。出てくれば、こちらの勝ちだ。根城を突き止めるのに、ときはかからぬだろう。根城がわかれば、張り込みをし、やつらの動きを探る。どれだけの人数が関わっているか、すぐに知れよう。

人数がわかったら、やつらが集まっているところを急襲し、一網打尽にするのだ。

それで一件落着である。

この筋書通りに進めなければならぬ。

決意を固めて、直之進は再び高畠権現に向かった。あそこからまた聞き込みをはじめるのだ。

最近は江戸の町に不景気風が吹いているというが、途中、この寒さに負けずに数十人もの人々が行列している饅頭屋や菓子屋、団子屋などがいくつもあった。流行《はや》りのおしろいを扱う店も、大勢の女たちで押すな押すなの盛況ぶりで、寒さを押しのけるような熱気が店内からあふれ出ていた。普請《ふしん》の槌音《つちおと》も聞こえてくる。

目と鼻の先の普請場では、かなり大きな建物をつくっているようだ。幕でまわりを囲ってあるため、内部は見えないが、棟梁なのか、がらがら声の男が大工たちを励ましたり、叱ったりしているのが耳に届く。

「欣吉《きんきち》、おめえは若い割に鉋《かんな》がけがうめえな。任せた甲斐があったぜ。――完助《かんすけ》ほらほら、そこは五寸置きに釘を打つんだ。それじゃあ間があきすぎるぞ。――こらっ、琴蔵《ことぞう》、その中には入っちゃならねえっていわれているだろうが」

「へい、すみません」

「まったくしようがねえ野郎だ。今度やったら、おめえはくびにすっぞ」

「それだけはご勘弁を」

「だったら、二度とすんな」

「へい、わかりやした」

「まったく返事だけは一人前だ」

金槌の音が一段と高く響きはじめた。

本当になにをつくっているのだろう。

直之進は興味を引かれたが、中をのぞくわけにもいかない。お大尽《だいじん》が施主で、建てられているのは贅《ぜい》をこらした別邸というところか。

高畠権現に着いた。一の鳥居をくぐり、階段を見上げる。天気がよいにもかかわらず、あたりは相変わらず薄暗く、なにか黒い靄のようなものがかかっているように感じられる。瘴気というやつか。

なにゆえ、いつもこんな空気が漂っているのか。天狗が舞っているという噂があるとのことだが、この神社にはいったいどういう由来があるのだろう。

ちょうど社の前を通りかかった年寄りがいた。男の人相書をまず見せる。

「知らんですのう」

一目見て年寄りが首を振る。

「この男はなにをしたのですかの」

「人を襲った。殺そうとしたのだ」

「ほう、そんなに悪い男なのか。襲われた者はどうされた」

「なんとか無事だ」

「それはよかった」

しわ深い顔をほころばせる。背丈が五尺もない小柄な年寄りだが、体つきと合わせ、なんとなく地蔵を思わせる。地蔵というのは、菩薩《ぼさつ》が衆生《しゅじょう》を救うために僧の姿となってあらわれたものをいうが、人というのは歳を取ると、仏に近づいてゆくものなのだろうか。

いや、すべての者がそうなるとはいえないだろう。目の前の年寄りはなんの悪さもすることなく生涯を過ごし、誰にも恥じることなく真っ当に生きてきたからこそ、こういう顔になれるのだ。悪いことをしてきた者は、薄汚い顔になるに決まっている。

その中でも、なにをどうすればあんな醜悪な顔つきになってしまうのか、いったいこれまでどんなことをして生きてきたのかと思わずにいられないような悪相の者を目の当たりにすることがある。

ああいう顔になっては駄目なのだ。生き方は必ず顔に出てくる。どんな生き方をしてきたか、必ず見透かされてしまう。常に自分を律して生きねばならない。

「お侍、どうされた」

年寄りにきかれて、直之進はにこりとした。

「ちと考え事をしていた。おぬしのような歳の取り方をしたいと思ったのだ」

「わしのようなとは、それはまた酔狂なことをおっしゃるの」

「ところでおぬし、この高畠権現の由来をご存じか」

まぶしいものを見るように目を細め、年寄りが神社の杜を見上げる。

「知りませんの。まこと申し訳ないの」

「いや、謝ることなどない」

「まあ、なんでもまず頭を下げて波風が立たぬようにすれば、万事うまくいくと思っておった。だが、最近になってそれも過ちであることを知ったわ。やはり人というのは本音をぶつけ合わねばならぬものじゃの。そうしなければ、のちのち苦労する。今頃になって気づくなど、ちと遅すぎたがの。——お侍、もう行ってもよいかの」

「ああ、もちろんだ」

「すまんの。この先の家で、孫が二人、待っているものでな」

「それは、こちらこそすまなかった」

「いやいや、お侍、わざわざ謝るようなことではありませんよ」

ゆったりと歩きはじめた年寄りを直之進は見送った。和四郎の死に接して以来、初めていい気分になれたが、それに冷や水を浴びせたのは、背後からすっと近づく気配だった。

刀に手を置き、直之進はさっと振り返った。

「わあっ」

人影が驚いて跳びすさった。

「俺を斬る気か」

「――またおぬしか」

「ああ、俺だ。堅田種之助だ。まさか忘れた訳ではあるまい」

「もちろんだ。この前、一朱を返してもらったばかりだ」

「そうだ、その通りだ。一朱をちゃんと返した堅田種之助だ」

「なにか用か」

「今の年寄りになにか紙を見せていただろう。俺にも見せてほしいと思ってな」

「これだ」

直之進が差し出すと、種之助が手に取って目を落とした。

「人相書か。誰だ、こいつは」

「俺の友を襲い、殺した者の一人だ」

「なんだと」

険しい目つきになった種之助がぎゅっと眉根を寄せた。

「それでこの男を捜しているのか。番所には届けたのか」

「もちろんだ」

「だが、番所はたいして役に立たぬからな。公儀はどうでもよいことばかりに力を入れおる。番所の者も、積んである荷物が高すぎる、崩れたら危ないからもっと低くしろだとか、大八車はもっとゆっくり引け、人にぶつかったらどうするだとか、そのようなことばかりいうておる。そんなことよりも、人を殺した者をとっとと捕まえるなり、なんなりしろというのだ。まったくしようもないやつらだ」

「あまり大声でいうと、御政道批判ということで、しょっ引《ぴ》かれるぞ」

「しょっ引けるものならしょっ引けというのだ。俺は番所で堂々と持論を述べてやる」

「よい度胸だ」

一応ほめてから直之進は種之助にきいた。

「おぬし、その手の力仕事をしているのか」

「そうだ。荷運びの日傭取《ひようと》りがほとんどだ。不景気だといっても、選り好みしなければ仕事はいくらでもある。ただし、賃銀は安いがな」

「そうか。それは苦労なことだ」

「おい、湯瀬どの」

「なんだ」

「この男を俺が知ってるかどうか、きかぬのか」

にやりとして、種之助が人相書をひらひらさせる。

「知っているのか」

「いや、知らぬ。一度も見たことのない顔だ」

「なんだ」

「落胆させたか」

「そうでもない」

「だが、俺も力になろう。ちと描かせてもらってよいか」

「もちろんだが、描けるのか」

「そう、馬鹿にしたものではない」

種之助は人相書を直之進に戻すと、懐から折りたたんだ紙を一枚取り出し、神社の階段に置いてていねいにひらく。腰につり下げてある矢立を手にし、筆を執った。

「ほう、よい筆を使っているな」

目にとめて直之進はいった。

「わかるのか。湯瀬どの、なかなかお目が高いな。――ちょっとこれを持っていてもらえるか。ひらいておいてくれ」

戻された人相書を、直之進は種之助によく見えるように掲げた。

腰をかがめた種之助が、なめらかな筆遣いですらすらと描いてゆく。真剣な顔つきをしており、先ほどまでへらへらしていたのが嘘のようだ。富士太郎の腕もすばらしいと思ったが、種之助の筆は数段上だ。これはいったい何者だ、と直之進は思わざるを得なかった。

「よし、これでどうだ」

墨をふうふうと吹いて乾かし、種之助が描き上げたばかりの人相書を直之進に見せる。

手に取り、直之進は目を当てた。

「これはすごい」

琢ノ介が描いた人相書は子供の遊びにしか見えない。目の鋭さなど、特徴がより強調された感じで、これを行きかう人たちに見てもらえば、結果はまるでちがうものになるのではないか。

「これをもらってもよいか」

興奮を隠さず直之進はきいた。

「ああ、かまわぬぞ。俺はそちらをもらっておく。必要になったら、また描けばいい。たやすいことだ」

「おぬし、何者だ」

「見てわからぬのか。ただの浪人だ」

「ただの浪人とは思えぬがな」

「そうか。それよりも湯瀬どの、この神社の由来を教えようか。なに、先ほどの年寄りにきいているのを耳にしたのだ」

右の耳たぶに触れ、種之助がにこりとする。この男に慣れてきたのか、なんとなく憎めない笑顔に見えてきた。

「教えてくれ」

「その前にどうしてこの高畠権現のことを気にしているのか、教えてもらってよいか」

「ここで友が襲われたのだ」

「そうか、ここで殺されたのか」

「いや、殺されたのは別の友だ。この神社の境内で襲われた友はなんとか逃げおおせた」

「そうか、それはよかった」

うなずいた種之助が高畠権現を見上げる。

「どうしてか薄気味悪いよな。そのことも湯瀬どのは気にかかっているのではないか」

「その通りだ」

「やはりそうか」

思慮深げな顔になり、種之助が一の鳥居に歩み寄る。そっと手を触れて語りはじめた。

「この神社には平安の昔、殺された武将の首が祀《まつ》られているのだ」

「ほう、首が。なんという武将だ」

「高畠正之介義高《しょうのすけよしたか》という。あの有名な平将門よりものちの時代の武将らしいが、それでも相当古いな。無双というべき剛の者で、戦となると必ず得意の薙刀《なぎなた》を振るって武勲《ぶくん》を上げたそうだ。高畠家はこの根岸に昔から住んでいた豪族だが、江戸氏という主家があった」

「そいつは初耳だ。江戸には江戸氏という家があったのか」

「そうだ。おぬし、物知りのように見えなくもないが、知らなかったか。今の千代田城のあたりに城を構えていたらしいぞ。――その江戸氏に正之介は仕えていたのだが、武将としての才がありすぎて、ついに主君に警戒されるようになった。いつか家を乗っ取るのではないか、と疑われたのだ。そして正之介はある秋の日、主君が催した巻狩《まきがり》の際、おびただしい軍勢に囲まれた。多勢に無勢、しかも正之介主従は誰一人として鎧《よろい》を着けていなかった。正之介たちは必死に戦ったが、結局は全滅した」

「正之介に謀反《むほん》の気持ちはあったのか」

「なかっただろうといわれている。あったら、巻狩に二十人程度の家臣しか連れていかぬということはあるまい。謀反を企む者は、いろいろと警戒するゆえな」

「それで」

「正之介主従の首は晒された。館も徹底して破却《はきゃく》された。だが、それからがいけなかった。江戸氏の当主が流行り病にかかってひどく苦しみながら逝き、嫡男は全身から血が出るという、それまで誰も見たことのない病にかかって死んだ。次男は道を歩いているとき強風で折れた大木の下敷きになって命を失い、三男はその葬儀に赴く際、馬から落ちて頭を打ち、なにやらうわごとをつぶやきながら三日後に死んだそうだ。四男は――」

「まだあるのか」

「なにしろ六男までいたからな」

「まさかそれらが全員、異様な死に方をしたのではあるまいな」

「その通りだ。とにかく、男ばかりが死んでいった。それで、正之介の祟《たた》りだといわれた。正之介の首は主従ともども高畠家の館のあった地に埋められ、供養がなされた」

「高畠家の館があった地というのは、この神社のある高台なのだな」

「ご名答。もっとも、館があった頃、この高台はもっと広かったそうだ。それが、麓《ふもと》が徐々に削られるなどして狭くなっていったそうだが、削った者がまたしても不審な死に方をするということが続いたらしく、そういう真似をする者もいなくなったらしい」

右手をかざして種之助が神社を見上げる。

「今も正之介の首はどこかに埋まっているはずだ」

「この神社に妖しく漂っているのは、正之介の首が発する瘴気だったのか」

「いや、そうでもなかろう」

首を横に振って種之助が否定する。

「正之介はとにかく目がよかったようで、戦のときも、いち早く敵を見つけることができたそうだ。ゆえに、この神社は眼病を患っている者の信仰が厚い。もっとも、広く知られているわけではなく、知る人ぞ知るといった神社だそうで、霊《れい》験《げん》はあらたからしい。そういう神社が瘴気を発しているわけがない。瘴気の理由は別のところにあるはずだ」

「だったらやはり天狗だろうか」

「ああ、出るという噂があるそうだな。そうかもしれぬ。だが、天狗などというのは人がつくり出した妖怪変化《へんげ》の類だろう。その天狗とやらも、ただの人ではないのか」

その通りだ、と直之進も思う。まだ何者とも知れない連中が琢ノ介を襲うことを決めたとき、ここを予行の場として使ったのを、近在の者たちが目にしただけかもしれない。人殺しの予行なのだから、どうしても人目を避けることになろう。それが天狗の正体なのではあるまいか。

「では、湯瀬どの、俺は行くぞ」

左手を軽く上げて、種之助が歩き出そうとする。

「人相書を描いてもらい、とてもありがたかった」

「そのくらいなんでもない。絵は得手ゆえ、またほしかったら遠慮せずにいってくれ」

「それはありがたい。こんなに上手な者は、ほかに知らぬからな」

ふふ、と種之助が穏やかに笑った。そして、自らの住まいを直之進に告げた。

「ああ、そうだ。堅田どの、おぬし、歳はいくつだ」

「三十だが、それがどうかしたか」

やはりそうか、と直之進は思った。なんとなく、そうではないかという予感があったのである。

「同い年か」

「湯瀬どのも三十か。偶然だな」

「だからなんだということもないが、おぬしの歳をきいてみたかったのだ」

「そうか。人の歳が気になるか」

「少しは」

「俺が人の歳で気になるのは、妖艶な年増《としま》を見たときだけだな。あの女はいくつなのだろう、と必ず考える。――ふむ、そのようなことはどうでもよいな。ではな」

くるりと体の向きを変え、種之助が歩き出す。その姿は寒風に追われるようにして、あっという間に見えなくなった。

種之助を見送ったあと、しばらくのあいだ直之進は新たな人相書を行きから者たちすべてに見せていった。まったく出来の異なる人相書が手に入っただけに、期待は大きかったが、男のことを知る者には、一人たりとも出会えなかった。

——このやり方では駄目なのか。

そんな思いが頭をよぎる。

——そんなことはない。もっともっと大勢の人に見てもらわねばならぬのだ。この江戸には、いったいどのくらいの人がいると思っているのだ。武家も合わせたら、おそらく五十万や六十万ではきかないだろう。これまで人相書を見せたのは、まだ百人もいっていないはずだ。まったく足りないのだ。このくらいでやり方がまちがっていると考えるくらいだったら、初めからやらなければよいのだ。

気合を入れ直して、直之進は人相書を人々に見せていった。人相書を見る素振《そぶ》りをして、もし刺客が近づいてきたらどうするか、とも思ったが、考えるまでもない、捕らえるだけだ。こちらに油断はないのだ。

もし和四郎が殺られず、堀田正朝に関係している者であると知らずにいたら、危なかったかもしれない。寒木瓜の花を投げつけたりしているということは、やつらは堀田家の者の復讐であることを隠すつもりはないのだ。それだけ自信があるということなのだろう。

やはり容易ならぬ相手だ。

はっとした。堀田家を取り潰しに追い込んだ男がまだほかにいることに、突然思いが及んだのだ。今頃気づくなどどうかしている。直之進は頭を殴りつけたくなった。

そうなのだ、倉田佐之助も堀田正朝の腐り米の一件では、重要な役割を果たしたではないか。沼里から連れ去られた真興《さねおき》さまを乗せた船にひそかに乗り込み、活躍したではないか。やつらに果たして佐之助のことまで調べがついているのか、正直わからない。だが、佐之助もまさか堀田家の一件に絡んで狙われるなどとは、頭の片隅をよぎることすらないだろう。

——知らせに行かねばならぬ。

人相書を急ぎ懐にしまい、直之進は足早に歩き出した。

四

胸騒ぎがおさまらない。

――これはなんだ。

布団に横たわり、佐之助は戸惑いを覚えている。

傷はだいぶよくなったが、まだ布団に横になっている。こうしているほうが楽なのだ。ということは、やはり本復《ほんぷく》にはまだまだときがかかるということなのだろう。それも当たり前だ。なにしろ刀で体をばっさりやられたのだから。斬られた当初は、生きているほうが不思議だったようなのだ。死ななかったのは、千勢とお咲希がいたからだ。二人が力を与えてくれたのだ。

千勢は、今日も典楽寺の岳覧和尚のもとに行っている。寺で家事の手伝いをしているのだ。お咲希は手習所である。

千勢が佐之助を介護する必要はもはやない。自分で厠《かわや》にも行ける。ちょっとした散歩もできるようになった。簡単なものなら、飯もつくれる。それほどまで快復したのだ。過日訪ねてきた直之進も、この快復ぶりには目をみはっていたではないか。

直之進のことを考えたら、少し気持ちが弾んだが、すぐに胸騒ぎは戻ってきた。

先ほどまで眠っていて、いやな夢を見ていたような気がする。それが尾を引いているのだろうか。

そうかもしれぬ。もう一眠りすれば、また気分が変わるかもしれぬ。

佐之助は目を閉じた。そうそう眠れるものではなく、何度も寝返りを打った。すでにそれでもうとうとしていたようで、障子戸があく音ではっと目をあけた。

店《たな》の中は暗くなりつつあるが、障子戸の向こう側はまだ明るさを残している。

「眠っておられるのですか」

障子戸を静かに閉めた千勢にきかれた。

「いや、もう起きた。うたた寝していた」

起き上がり、佐之助は胸騒ぎが消えているか確かめた。

相変わらず胸に居残ったままだ。

「どうされました」

いぶかしげに千勢がきいてきた。佐之助は土間に立っている千勢を見つめた。

傷を負ったばかりの頃は目がかすんで仕方なかったが、今は以前のように夜になってもはっきりと見える。千勢はいつもと同じ顔色で、どこにも変わった様子はない。

「どういうわけか、なんとなく不安で、落ち着かぬのだ」

前の自分だったら、気がかりを吐露《とろ》するようなことはまずなかった。だが、今はちがう。千勢に隠し事をする必要はない。祝言を挙げたわけではないが、夫婦も同然なのだ。なんでも話すのが当たり前だろう。

その言葉を聞いて、千勢が顔を曇らせる。

「あなたの勘は当たりますから。それに、実は私も同じように、少しだけですけど、胸に引っかかりのようなものがあって……」

「千勢もか」

心中でうなり声を上げて、佐之助は眉根にしわを刻んだ。

「お咲希はまだ手習所から戻ってこぬのか」

「ええ、もう帰ってきてもよい刻限ですけど」

「遅すぎぬか」

「かもしれません。暮れ六つに近いというのに、あの子が帰ってこないというのはそうあることではありません」

暦は春だといっても、冬は居座ったままだ。日は徐々に長くなってきているが、昼はまだ短い。今日もあと少しで真っ暗になるだろう。

「捜しに行こう」

佐之助は勢いよく立ち上がった。傷が治り切っていないだの、体が本調子でないなどと、いっている場合ではない。佐之助は両刀を腰に帯びた。少し重く感じるのは、やはり体がなまっているせいだろう。すぐに慣れると自分に思い込ませた。

佐之助と千勢は長屋の路地に出た。軒下や木陰などはすっかり夜の色に染められているが、わずかながらも西の空には残照《ざんしょう》があり、あたりには明るさがかろうじて漂っている。人の顔は見分けがつきにくいが、そこにいるのが男か女か、子供か大人かというのは十分に判別できる。

「そんなにあわてて、どうしたの」

大根を手にしている隣の女房に声をかけられた。買物帰りのようだ。名はおとくといい、いつも男のように豪快に笑う、気のいい女房である。

「お咲希がまだ戻らないので、捜しに行くところだ」

「えっ、お咲希ちゃんが。それは心配ね」

おとくが案じ顔になる。

「いつもなら、この刻限には帰ってきているわね。お咲希ちゃんの身になにかあったのかしら。——あっ、ごめんなさい。こんなことといったら、もっと心配になってしまうわね」

「なにもないと思うが、あとをよろしく頼む。行き違いにお咲希が帰ってきたら、俺たちが戻ってくるまで決して外に出ぬようにいっておいてくれぬか」

「ええ、承知したわ」

大きくうなずいて、おとくが請け合った。

「よろしく頼む」

もう一度いい置いて、佐之助と千勢は長屋の木戸を出た。

「まずはどこに行く」

「おちかちゃんのところがいいと思います」

「おちかというと、お咲希といちばん仲よしの女の子だったな」

「ええ、いつも一緒です。おちかちゃんにきけば、なにかわかるのではないかと思います」

おちかの家は一軒家で、佐之助たちの長屋からほんの一町ほどしか離れていない。

「ごめんください」

枝折戸を入って、戸口の前に立った千勢が中に声をかける。すぐに応《いら》えがあり、障子戸がきしんだ音を立ててあいた。

「あら、千勢さん」

おちかの母親のおとみである。千勢の背後に立つ佐之助をちらりと見、会釈してきた。佐之助は顎を引いて返した。

「おちかちゃんはいますか」

なんとか平静を保とうと努めてはいるものの、千勢の声は少し震えていた。

「ええ、いますよ。なにか用事ですか」

おとみが、千勢の声の震えに気づいた様子はなかった。

「それが、お咲希がまだ帰ってこないものですから、ちょっとお話を聞こうと思って」

「えっ、まだ帰っていないの。それは心配ねえ。ちょっと待っていてくださいね。いま呼んできますから」

戸口からおとみが消えた。次に姿を見せたときには、女の子をともなっていた。いまだに背の小さいお咲希よりも半尺ほどは背が高い。

「お咲希ちゃんのおっかさん」

つぶらな瞳で見上げて、千勢に呼びかける。

「お咲希ちゃんがまだ帰っていないって、本当なの」

「ええ、本当よ」

おちかが佐之助を見て、あれ、という顔になり、首をひねった。

「どうかしたの」

千勢がおちかにたずねる。

「ううん」

両膝を曲げて、千勢がおちかと同じ高さになった。

「おちかちゃんは、いつ帰ってきたの」

「四半刻前くらい」

「そのあいだお咲希と一緒だった」

「うん、そうだよ。手塚《てづか》神社でままごとをしていたの。あたしは紙の道具しか持っていないけど、お咲希ちゃんは木の道具をもっているから、うらやましいの」

ちらりと母親のおとみを見る。

「ままごとを終えてからはどうしたの」

「だんだん暗くなってきたから、今日はおしまいにしましょうっていって、二人でこっちに帰ってきたの」

「ここまで一緒だったの」

「ううん」

おちかが、かぶりを振る。

「お侍にお咲希ちゃんは呼び止められたの」

侍だと、と佐之助は思った。

「そのお侍は、お咲希になんていったの」

「お咲希ちゃんのおとっつぁんが散歩中に大怪我をして医者に担ぎ込まれたって、いったの。驚いたお咲希ちゃんは、そのお侍のあとをついていったのよ」

「おちか、どうしてそのことを私にいわなかったの」

おとみがおちかに厳しい口調でいった。

「だってそのお侍が、みんなが心配するからこのことは誰にもいってはいかぬぞ、とあたしを叱りつけるようにいったから……」

お咲希は、その侍に連れ去られたのだ。誰がなんの目的でお咲希を。佐之助はぎゅっと拳を握り締め、考えた。だが、さっぱり目的がわからない。

「おちかちゃん、お咲希のおとっつあんが担ぎ込まれたという医者の名を覚えている」

「あのお侍、医者の名はいっていなかったよ」

大怪我や医者のことはお咲希を連れ出すための口実に過ぎない。仮に名をいったとしても、出任せだ。

「それはいつ頃のこと」

「おうちに帰る途中よ」

四半刻前か、まだそんなに遠くには行っていないのではないか。

佐之助は千勢を見た。膝を曲げた姿勢のまま、千勢がうなずき返してくる。

「おちかちゃん、ありがとう。私たちは今からお咲希を捜しに行くから」

「あたしも捜しに行きたい」

「いけないわ」

口調に厳しさをにじませて千勢がいった。

「もう暗いし、女の子が出歩く刻限じゃないわ」

「じゃあ、お咲希ちゃんが見つかったら、きっと教えてくれる。すぐに会いに行くから」

「ええ、わかったわ。必ず伝えるわ」

「約束だよ」

「ええ、約束よ」

立ち上がった千勢がおとみに腰を折った。

「お咲希のことで心配をかけてすみませんでした。ありがとうございました」

「とんでもない。お咲希ちゃん、無事に見つかるといいですね。私も捜しに行きたいけれど、どこで油を売ってんだか、まだ亭主が戻ってこないんですよ。おちかを一人にするわけにもいかないし」

「お気持ちだけでけっこうです。お咲希は私たちが捜し出しますから」

「ほんと、ごめんなさいね。まったく馬鹿亭主なんだから」

自身番に届けようかというおとみに、自分たちがするからといっておちかの家をあとにした。すっかり暗くなり、わずかに提灯の明かりがちらほらと揺れているだけで、行きかう人はほとんどいなくなっている。その代わり、両側に建ち並ぶ赤提灯や料理屋の灯りが路面にしたたり落ちて、町にほんのりとした明るさをもたらしている。

「手分けしよう」

辻に立って、佐之助は千勢にいった。

「俺はここを右に行く」

「私は左ですね」

「どちらかがお咲希を見つけたら、長屋に戻ることにしよう。店から動かず、じっとしていることだ。見つけられなかったほうは、半刻したらいったん長屋へ戻るようにする。それでどうだ」

「わかりました」

力強い目で千勢がうなずく。

「よし、では半刻後に会おう」

千勢に大きく顎を引いてみせてから佐之助は地を蹴り、お咲希の姿を捜しはじめた。

ほんの三町も行かないうちに、息切れがしてきた。早鐘《はやがね》を打つように、動悸《どうき》も激しい。その上、横腹が痛くなってきた。考えていた以上に体がなまっているのを佐之助は知った。

横腹があまりに痛く、へたり込みたくなるが、こんなときに休んでいられるはずもない。とにかくお咲希を捜し出さなければならない。お咲希を見つけ出さずに、休むことなど一瞬たりともできるはずがなかった。

もしかしたら、とあたりに目を配りつつ佐之助は思った。お咲希をかどわかした者からつなぎがあるかもしれない。長屋に戻ったほうがよいのではないか。

そのほうが当てもなく捜すより、いいのかもしれない。

いや、それはあとのことである。どうせ半刻たてば、いやでもいったんは長屋に戻るのだから。体が動かなくなるまで、お咲希を捜し続けなければならぬ。

ふと、道の端に土器《かわらけ》のようなものが落ちているのが目に入った。気にとめず通り過ぎようとしたが、なにか引っかかるものを覚えて、佐之助は立ち止まった。道を戻り、手に取った。土器ではない、木の器だった。

――これは。お咲希のままごと道具ではないか。

そばに小さな道標が立っている。千足《せんぞく》神社と彫られている。大通りから左に折れると、この神社へ行き着く。この狭い路地は千足神社の参道になっているのだ。

この先にお咲希はいるのか。

木の器を袂に落とし込み、刀に手を置いて再び佐之助は駆け出した。

一町ほどで小さな神社が闇の中に浮くように見えてきた。まわりを鬱然とした木々に囲まれた境内にはいっそう深い闇が居座って、外からでは人けはまったく感じられない。

この神社の由来について、佐之助はお咲希から聞かされたことがあった。

昔、足が悪くて歩くことがかなわなかった姫が、ある晩、千足の履物を、とある小さな社に奉納したら足が治るという夢を見、その通りにしたら、翌日からふつうに歩けるようになったという。その姫の父親の庇護《ひご》によって神域も大きくなり、千足神社という名もつけられて長いあいだ栄えたという話だが、今は神域をだいぶ削られてずいぶん狭くなっている。それでも、参詣に訪れる人はあとを絶たない。足の悪い人がお参りにやってくるそうだ。

ここにお咲希がいてくれたらどんなにいいだろう。

そんなことを思ったら、不意に神社のほうからお咲希の声が聞こえたような気がした。

――お咲希っ。

佐之助は急ぎ鳥居をくぐった。敷石をまっすぐ進む。正面に本殿が見えている。

あれは。

駆けながら、佐之助は目を凝らした。

本殿の回廊に女の子が横たわっている。

「お咲希っ」

叫んで佐之助はさらに足を速めた。お咲希であってくれ。頼む。

階段を登りかけてすぐに足を止め、佐之助は女の子をじっと見た。

ほっと息が出る。全身に安堵の汗が噴き出してきた。

「お咲希っ」

ああ、よかった。

小さな体を佐之助は軽く揺さぶった。目は覚まさないが、お咲希は眠っているだけだ。

「むっ」

赤い物がお咲希の体の上にのっているのに気づき、佐之助は目をみはった。

——なんだ、これは。

眉根を寄せた佐之助は目を凝らした。どうやら緋木瓜の花のようだ。珍しい花ではない。庭木として好まれているから、この時季、このあたりではいくらでも咲いている。

だが、なにゆえ緋木瓜がお咲希の体に――。

わけがわからず、佐之助が赤い花に右手を伸ばしたとき、背後に殺気が湧き上がった。

気合をかけることなく、一気に斬りかかってきた者がいた。

「うおっ」

強烈な斬撃だったが、佐之助は回廊にひらりと跳び乗り、お咲希を抱き上げた。足音高く回廊を走って、襲ってきた者と距離を取り、お咲希をそっと横たえた。しばらくこのまま眠っていてくれ、と心中でささやきかける。それからくるりと体を返し、襲ってきた者を見やった。

地を追いかけてきた男が、すぐ近くに立っている。頭巾をかぶり、恐ろしく長い刀を手にしている。あの大太刀の斬撃をよく避《さ》けられたものだ。もし男が殺気をあらわにしなかったら、殺られていたにちがいない。

ということは、と佐之助は思った。業前は相当のものだが、まだ場数はあまり踏んでいないのではあるまいか。だからこそ、殺気をむき出しにするというへまを冒《おか》したのだろう。つまり若いということか。

「何者だ」

刀を抜きながら佐之助は回廊上から問うた。大太刀を正眼に構えた男は、頭巾の下の口をきゅっと引き結んでいるように見えた。なにも答える気はないのだ。

「なにゆえお咲希をかどわかした」

頭巾の男はなにもいわない。

「もしや俺が狙いか」

これにも答えはない。

「なにもいう気はないか」

「すぐにわかる」

くぐもった声が頭巾から発せられた。

「きさまはあの世に行くのだ。行けば、なぜ自分が死ななければならなかったのか、それもわかる」

「ということは、俺へのうらみか」

「――死ねっ」

跳び上がりながら、頭巾の侍が刀を振り下ろしてきた。意外な鋭さに加え、最短の距離を刀は走り、佐之助を両断しようとした。だん、と床板を蹴って佐之助はうしろに下がった。ふわりと頭巾の男が回廊に跳び乗った。間髪を容れず、突きを放ってくる。これ以上下がると、お咲希に足がぶつかってしまう。体をひらいて佐之助は突きをかわした。

刀がさっと引かれ、頭巾の男は今度は八双に構えを移した。

佐之助は、さっと正眼に構えた。

——これは容易ならぬ。

治りかけの傷口が、ずきずきと痛みはじめている。傷口が破れる気遣いはさすがにないだろうが、これだけ痛いと軽々と動くというわけにはいかない。相当な腕を持つ男を相手に、自在に動けないというのは、羽をもがれた鳥も同然といっていい。ここは逃げ回るしかないかもしれぬ。地上をうろうろと逃げ惑う鳥では情けないことこの上ないが、生きるためにはそれしかあるまい。これが恥というのなら、そう呼ぶがいい。俺はお咲希を守らなければならぬのだ。

腹をくって、佐之助は刀を鞘《さや》に素早くおさめた。体をひるがえすやかがみ込んで、お咲希を抱き上げる。

その隙を逃さず、男が背後から斬りかかってきた。それを予期していた佐之助はぎりぎりまで斬撃を待って、さっと横によけた。刀が体をかすめてゆき、板戸に佐之助の肩がぶつかる。その衝撃でお咲希を取り落としそうになったが、佐之助はなんとかこらえた。

男が胴を払ってきた。後ろに跳ね飛んでなんとかかわしたが、傷が激しく痛み、佐之助はまたもお咲希を落としそうになった。

必死に抱きかかえようとするところを、大太刀が袈裟懸けに振り下ろされた。目にもとまらぬ早業《はやわざ》で、佐之助はなんとか勘を働かせてよけたが、左肩を少し斬られた。うっ、とうなり声が漏れた。血がわずかに出て、着物を濡らす。

佐之助が漏らした声に、男は気持ちが昂揚したらしく、さらに強烈な斬撃を繰り出してくる。胴、袈裟懸け、逆胴、突き、とめまぐるしい攻撃を佐之助は浴びた。すべての斬撃をなんとかよけたが、すでにおびただしい傷を体中につくっている。

お咲希は幸いに小柄で軽く、佐之助はしっかりと抱いたまま回廊を走ったが、男はそうはさせじとひたすら刀を繰り出してくる。やがて駆け出すこともままならず、佐之助は刀をよけるのが精一杯という状況に追い込まれた。

佐之助を決して逃がさぬという決意を、男はあらわにしていた。ここで佐之助を屠るつもりでおり、能舞台を行くかのごとき摺《す》り足で回廊を走ってくる。夜目《よめ》も利くようで、斬撃は実に的確だ。

そうはいっても、ときの経過とともに闇はさらに深くなっている。木々がつくる漆黒《しっこく》の闇に逃げ込んでしまえばなんとかなるのではないかと思うのだが、頭巾の男は佐之助の意図を察して、逃げ込む隙《すき》をまったく与えない。

お咲希を守りながら刀をかわし続け、佐之助の傷は増える一方だ。大きな傷はまだないとはいえ、いずれ致命傷を受けるのではあるまいか。そんな予感がしてならない。

くそう、体さえ万全なら、こんな男に後れを取ることはないのに。

そんなことを考えたら、敵の斬撃への対処が一瞬、遅れた。ぴっ、と音がし、ふたたび左肩に激しい痛みを覚えた。血が噴き出す。

くっ、と佐之助は唇を嚙んだ。本復しておらず、体が思うように動かない。本調子であれば、今のは楽々と避けていた。

目がかすんできた。

まずい兆候だ。

頭巾の男は、なおも大太刀を振るってくる。佐之助に斬撃をかわされて、大太刀が回廊を打ち、穴をうがつことも厭わない。すぐさま大太刀を振り上げ、佐之助の首を下から刎《は》ねようとする。それも佐之助がよけると、これでもかと袈裟懸けが上から落ちてくる。

　自分が感じた以上に間合を取って佐之助は下がったつもりだったが、今度の斬撃だけはぎゅんと音を立てて大太刀がもうひと伸びし、佐之助の太ももを斬りつけた。ぎりぎりで足を引いたためにこれもかすり傷ではあったが、痛みは激しい。刀に斬られたときはいつもそうだが、出血がひどく、太ももから出た血は、すでに着物をぬらぬらと濡らしている。

「おとっつあんなの」

　目を覚まして、お咲希が声を発した。目の前に顔があるが、お咲希には佐之助が見えないのだ。きっと、においでわかるのだろう。いつも一緒に寝ているのだから。

「目を閉じていろ」

　ささやき声で佐之助は命じた。ただならぬ佐之助の口調に、自分たちに危機が迫っているとわかったようだ。怖くてならないだろうが、佐之助を信頼し切っているお咲希は、うん、とうなずいて素直に目をつぶった。

回廊を回っているだけでは逃げられそうもなく、お咲希を抱き上げた佐之助は欄干《らんかん》を蹴って地面に飛び降りた。

だが、着地したとき小さな石を踏んで、左足をぎきっとひねった。いやな痛みが走ったものの、かまわず佐之助は走り出そうとしたが、足に力が入らず、上体だけが前に動いた形になった。がくりと膝が折れ、転びそうになった。お咲希をかばい、佐之助は左肩を地面に打ちつけた。脱臼《だっきゅう》したのではないかと思えるほどの痛みに、全身がわななないた。

なんとか体を動かそうとするが、思い通りにならない。

「おとっつあん」

お咲希の声がおののいている。

「大丈夫だ。俺は必ずお咲希を守る」

じり、と土音がし、目の前に真っ黒な影が立ちはだかった。

「死ねっ」

大太刀を振りかぶった。

五

店《たな》には灯りがともっていない。

人の気配もない。店に誰もいないのは、一目瞭然だ。

それでも一応、直之進は訪いを入れた。

応えはない。

今は、六つを四半刻ほど過ぎたくらいか。こんな刻限に佐之助たちはどこに行ったのか。三人で食事にでも出ているのだろうか。

直之進の声や気配を聞きつけたか、からりと音を立てて隣の障子戸があいた。

女房らしい、やや肥えた女が顔をのぞかせ、闇を透かし見た。直之進と目が合う。

「佐之助さんと千勢さんなら、さっき出かけましたよ」

「どこへ行った」

直之進に対して警戒したようで、女房がいいよどむ。

「いや、すまぬ。決して怪しい者ではない。俺は倉田の友垣だ。千勢どののこともよく知っている。倉田に大事なことを伝えるために訪ねてきたのだ」

「大事なことですか」

「うむ。とても大事なことだ。一刻も早く伝えなければならぬ」

さすがに、佐之助の命に関わることだとはいえない。

「お咲希ちゃんのことはご存じですか」

「うむ、知っている。かわいい女の子だ。お咲希ちゃんがどうかしたか」

「それが、お咲希ちゃん、手習所から帰ってこないんですよ。それで、二人でお咲希ちゃんを捜しに行くって出ていきました」

路地からのぞいている真っ暗で狭い西の空を、女房が気がかりそうに眺める。

「二人は西へ向かったのか」

「手習所がそちらにありますから」

「手習所はもうとっくに終わっているのだな」

「はい、だいたい昼の八つ過ぎに終わって、子供は帰ってきます」

となると、今から手習所に行っても仕方ないだろう。誰もいないはずだ。佐之助たちも手習所に向かったわけではないだろう。

「そうか、わかった。かたじけない」

礼をいって直之進は路地を戻り、長屋の木戸を出た。

——お咲希が戻らぬのか。

いやな予感がした。お咲希がかどわかされたのではあるまいな。

護国寺《ごこくじ》沿いの大通りに出る。煮売り酒屋や小料理屋、料亭などが軒を連ね、灯りが途切れることなく続いている。このあたりを歩くのに提灯は必要ない。通りの左右を見渡し、直之進はどこを捜せばよいのかと考えた。どこに佐之助たちはいるのだろう。

今は迷っている暇はない。勘にしたがうしかなかった。

——こっちだ。

直之進は足の赴く方角に走りはじめた。

気が気でない。もし、かどわかされたのなら、お咲希は佐之助を誘い出すためのおとりだろう。

くそう、後れを取った。俺が倉田に知らせる前に、すでにやつらは手を打っていたのだ。

和四郎の次の標的を、倉田佐之助に定めたのである。

深手《ふかで》を負う前の佐之助ならば、なんの心配もいらない。まず殺られるような気遣いはいらないだろう。だが、今の佐之助は以前の体調ではない。ようやく散歩ができるようになった程度にすぎないのだ。それで、大太刀の男の襲撃を食らったら、ひとたまりもないのではないか。

それに、佐之助はお咲希を溺愛《できあい》している。お咲希のこととなると、まわりが見えなくなるようなところがある。お咲希を守らんがために、どんどん深みにはまってゆく姿を思い浮かべた。

向こうから駆けてくる者がいた。あれは、と直之進は目を凝らした。

「千勢どの」

驚いて千勢が立ち止まる。直之進は目の前に立った。

「湯瀬さま」

一度は夫婦だった間柄だが、縁が切れて互いにこういう呼び方をするようになったことに、直之進はさして違和感を抱いていない。きっと千勢も同じだろう。つまり二人が別れるのは、自然な流れだったのだ。

一瞬のあいだで、直之進はそんなことを考えた。すぐさまその思いを振り払う。

「お咲希のことは、隣の女房から聞いた。倉田はどこだ」

「あちらに向かいました」

「南だな」

「はい、護国寺とは逆の方角です」

くそっ、と胸中で直之進は毒づいた。反対の方角に走ってしまった。勘が悪い。

きびすを返して直之進は走り出した。うしろを千勢がついてくる。

「お咲希はまだ見つかっておらぬのだな」

ちらりとうしろを振り返って直之進はたずねた。千勢は必死に走っている。

「は、はい」

息が苦しそうだが、千勢は走るのをやめようとしない。実の娘ではないが、心から案じている母親の姿がそこにある。

はっ、と直之進は脳裏をよぎったものがあった。倉田の居どころをつかめるかもしれぬ。

「千勢どの」

「は、はい」

「このあたりに神社はあるか」

「神社ですか」

走りながら千勢が考え込む。

「この先に一つあります」

「どこだ」

「この道をあと三町ばかり行って右に折れたところです。千足神社というお社です。こんもりとした杜《もり》になっています」

——そこではないか。

直之進は期待を抱いた。

「先に行くぞ、よいな」

千勢の返事を待たず、直之進は走りを一気に速めた。振り返らずとも、千勢の姿が遠ざかってゆくのがはっきりとわかった。

琢ノ介が襲われたのは神社だ。和四郎が殺害されていたのも、神社の参道である。佐之助もきっと同じではないか、と直之進は踏んだのだ。やつらは、神社でことを行うことを常套《じょうとう》としている。なにか意味があるのか。いや、人けのない神社ならことが行いやすいのだ。それだけの理由でやつらは神社を選んでいるに過ぎまい。

ここだな。

神社への入口を示す石造りの道標《みちしるべ》が、ぽつりと道の隅に立っている。直之進は参道に入り、再び全力で走り出した。

やがて、すさまじい殺気が伝わってきた。

さらに足を速めて直之進は前方を見透かした。半町ほど先に、暗い杜があるのが知れた。

殺気が発せられているということは、と直之進は思った。佐之助はまだ生きているということだろう。やつは俺のことをしぶといというが、やつだって相当のしぶとさといってよい。

抜刀《ばっとう》しつつ、直之進は鳥居をくぐった。まわりを鬱蒼とした木々が取り囲んでいる。正面に本殿があった。殺気はそちらからやってきている。直之進は本殿の裏に回り込んだ。

佐之助がいた。両腕でしっかりと抱いているのはお咲希だろう。

闇の中でも佐之助が血だらけなのが知れた。大太刀を持つ遣い手が立ち、その前に佐之助が這いつくばっている。佐之助の刀は鞘におさまっている。抜かなかったのか。いや、両手でないとお咲希を抱くことができないから、使わなかったのだろう。

おびただしい血を流しながらも、まだ生きていることに直之進は心からの安堵を覚えた。あれだけの遣い手に一方的に追い回されたはずなのに、お咲希はまったく傷を負っていないようだ。身を挺《てい》して娘を守る父親の姿があった。

こんなときだが、お咲希は幸せ者だな、と直之進は思った。血のつながりがないのに、こんなに二親《ふたおや》から愛されている子は江戸広しといえども、そうはいないのではあるまいか。

遣い手が大太刀を振り下ろそうとしていた。

「倉田っ」

直之進は思いきり叫んだ。はっとして佐之助がこちらを見る。一瞬、端整な顔に喜色が浮いた。すぐに気力を奮い起こしたのが、その表情から知れた。

遣い手がこちらに目を向けた。あと少しで佐之助を殺れたのに邪魔が入り、いまいましげにしているのが、はっきりと伝わってきた。頭巾の隙間から直之進を見る目に、憎悪の色がくっきりと刻まれている。

「いま行くぞっ」

だっと土を蹴り、直之進は白刃《はくじん》をきらめかせて突っ込んだ。大太刀の遣い手は直之進をじっと見ている。

俺の相手をする気だな。

風を切って走りつつ直之進は覚った。

望むところだ。うぬは和四郎どのの仇だ。

大太刀の遣い手は八双に構えている。暗くて刀が見えにくい。

かまわず直之進は大太刀の男に、躍り込むように斬りかかっていった。

大太刀が闇からあらわれた。それを予期していた直之進は身を低くして避け、刀を胴に持っていった。

やったか、と思ったが、するりと頭巾の男が体をひねった。刀は空を切った。

上段から大太刀が落ちてきた。恐ろしく速く、直之進は身を横に投げることでなんとかよけた。すぐに地を転がって、すっと起き上がったが、そのときには突きが迫っていた。槍を突き出したかのように鋭く速い。顔を振って、直之進はかわした。

さっと大太刀を引き、頭巾の男が下から振り上げてきた。後ろに下がって直之進はよけたが、大太刀がもうひと伸びした。危うく左腕を斬られそうになったが、もう一歩、跳びすさったことで、大太刀はかろうじて届かなかった。

間合がちがうのだ、と相手を見つめて直之進は思った。槍を相手にしているに等しいのだ。これに和四郎はやられたのだ。

それにしても、と直之進は思った。この男の振りは恐ろしく速い。しかも回転も速い。まるで普通の刀を手にしているように大太刀を扱う。どれだけの修練を積めば、これだけの業《わざ》を身につけることができるのか。

大太刀を振り回して佐之助を追いかけていたからか、わずかに男の息が上がっているのが知れた。

好機だ。この男はここで討たなければならない。和四郎の無念を晴らすのだ。殺す。必ず殺す。

息を入れると同時に、直之進は体を気合で満たした。この男に負けるはずがない。俺は必ず勝つ。

行くぞっ。

直之進は突っ込もうとした。

だが、その前に男が体をひるがえしていた。闇の奥に向かって駆けてゆく。

最初はなにが起きたか、直之進はわからなかった。

——逃げたのか。

どうにも信じられず、直之進は呆然とした。

佐之助を相手にしていた疲れがあったということか。あの憎悪の目からして、直之進を殺したいという思いはあったにしろ、今は勝てないと踏んだのか。

それとも、と直之進は思った。なにか別の手立てを用いて、この俺をあの世に送ろうとしているのだろうか。

六

且助殺しと道場の付け火を探索中だが、今のところ、まったくといっていいほど進展はない。

暮れ六つはとうに過ぎ、真っ黒な闇が覆い尽くしている。今日もなんら手がかりを得られず、徒労に終わったような気がしてならない。

さすがに富士太郎は焦りを隠せずにいる。だが提灯を手に前を歩く珠吉は、こういう日もときにはあるだろう、といわんばかりの悠揚《ゆうよう》迫らぬ態度を取っている。

さすが珠吉というべきなんだろうね。

歩きながら、富士太郎は小柄な背中を見つめた。自信がみなぎっている様子で、見た目よりはずっと大きく見える。

おいらも、いつかは珠吉のようになれるのかなあ。

「なれますよ」

いきなり珠吉が振り返っていったから、富士太郎は腰が浮くほどびっくりした。

「珠吉、なにをいっているんだい」

「いえ、ですから、旦那はあっしのようになれるっていったんですよ」

富士太郎は珠吉をいぶかしげに見た。

「珠吉って人の心が読めるのかい」

ぷっと珠吉が噴き出す。

「だって旦那はいま口に出していましたぜ」

「なんだって」

あっけにとられ、富士太郎はしばし言葉をなくした。

「本当かい」

「嘘なんかいいませんよ。聞こえたから、えらそうですけど、なれますよっていいったんですよ」

「そうかい。おいらは口に出していたかい」

うーん、とうなって富士太郎はかたく腕組みをした。

「珠吉、口に出していったかどうかわからないなんて、おいらは耄碌《もうろく》してきているのかな」

「そんなこと、ありませんよ」

きっぱりと否定して珠吉が続ける。

「その若さで耄碌だなんていったら、あっしはいったいどうなるんですかい」

「珠吉は心配しなくていいよ。しっかりしているんだから。問題はおいらだよ。若いのに耄碌だなんて、たいへんじゃないか」

「お医者に診てもらいますかい」

「うん、一度診てもらったほうがいいかもしれないね。もし耄碌がはじまっていたら、智《とも》ちゃんがたいへんだ」

「一緒になるのをやめるんですかい」

驚きを顔に刻みつけて珠吉がきく。

「いや、智ちゃんをあきらめるなんてこと、できないよ。ようやくおいらが好きになった娘だよ。智ちゃんはおいらにとって無二の人だもの。智ちゃんを逃したら、次はまずないねえ」

「さいですよねえ」

珠吉がほっと安堵の息を漏らす。

「それにしても珠吉」

「なんですかい」

「どうすれば、そんな余裕たっぷりの心持ちになれるんだい」

「そうですね、やはり慣れですかね。とにかく場数を踏むことだと思いますよ」

「場数を踏めば、焦らなくなるのかい」

「あっしはそう思いますよ」

「ふーん、そういうものかね」

顎に手を当て、富士太郎は考え込んだ。探索というのは、と思った。確かにまったく進展を見せないときがあり、そういうよどみのときを過ぎれば、解決まで一気に突き進むことがある。

ふむふむ、と富士太郎は心の中で小さくうなずいた。

つまり、今は探索の沼を歩いているということになるのかね。

足がずっぽり浸かり、歩みはいやになるほど遅い。風景は変わらず、まったく進んでいないように見える。だが、実は少しずつではあるが、着実に足は前へ前へと踏み出していっている。

この沼を過ぎてしまえば、と富士太郎は思った。きっと一息に解決にたどりつくに決まっているよ。うん、きっとそうだよ。ここで焦っても仕方ないよ。珠吉のように余裕を持ってじっと待っていればいいんだよ。そうすれば、きっと手がかりがつかめるのさ。うん、きっとそうさ。

「どうですかい。余裕のある心持ちになれましたかい」

「うん、なれたような気がするよ」

「そいつはよかった」

楽しそうに珠吉が破顔する。富士太郎もにっこりと笑った。珠吉が目のしわを深めて笑うのを見ると、うれしくて仕方ない。

「おっ、樺太郎ではないか」

いきなり前から声をかけてきた者がいる。富士太郎はそちらに顔を向けた。提灯が風に揺れている。

「あっ、豚ノ介」

足を止めて琢ノ介が苦笑する。

「富士太郎。おまえは相変わらず口が悪いな」

「平川さんこそ」

「確かにな。だいたいわしのほうが先にふっかけているよな」

「そうですよ。それがしは、いわれるからいい返しているだけですから」

「うむ、まったくもってその通りだ」

意外な思いで富士太郎は琢ノ介を見た。

「平川さん、どっしりしてきましたね」

「たくさん食べてはいるが、動いているから別に体は大きくなっていないと思うぞ。重さだって増えてはおらぬ」

「いや、体の重みじゃありませんよ。落ち着きが出てきたというのか、貫禄《かんろく》が出てきたというのか、とにかくそんな感じです」

珠吉が同意し、顎を引いた。富士太郎はじろじろと琢ノ介を見た。

「やっぱり所帯を持ったせいですかね」

「おうよ、その通りだろう。女房と子ができて大きな責任も降りかかるが、その分、重みも増すというのか、なにかでんと構えていられるようになる。富士太郎、おまえも早く祝言をあげろ」

「はい、そうします」

「いつやるんだ」

「えっ。まだ決めていません」

「相変わらず、ぐずぐずしてやがるな。わしが日取りを決めてやろうか」

「いえ、けっこうです」

「なんだ、遠慮深いな」

「いえ、遠慮しているわけじゃありません。日取りは相手とも相談して、しっかりと決めたいのです。なんといっても、人生の大事ですからね。悔いのないようにしたいのです」

「ほう、富士太郎にしてはなかなかいい心がけだなあ」

「そうでしょう。それがしはこのところ、心がけがよいのですよ」

　ふふ、と琢ノ介が笑いかける。

「なんですか、その気持ち悪い笑いは」

　琢ノ介が、むっとする。

「おまえ、本当に口が悪いな」

「生まれつきですから。それで平川さん、どうして笑ったのです」

「なに、智代《ともよ》さんとうまくいっているようだな、と思ったからだ。うれしくてつい笑った」

うれしくて笑ったのか、と富士太郎の胸はほのぼのとした。

「ええ、おかげさまでとてもうまくいっていますよ」

「富士太郎、幸せそうだな」

「ええ、そうですね」

智代のことを思うといつも幸福になれる。まったくもって得がたい女性だと心から思う。不意に富士太郎は表情を引き締めた。

「ところで平川さん、襲われたそうですね」

「直之進から聞いたか」

「はい」

「富士太郎と珠吉の二人で、犯人どもを追いかけてくれているようだな。手がかりはあったか」

きかれて富士太郎はうつむいた。

「今のところはなにも」

琢ノ介に、ばんと肩を叩かれた。

「痛い」

肩を押さえて富士太郎は顔をしかめた。

「元気を出せ、富士太郎」

大きな声でいって、琢ノ介が真剣な光を目に宿す。

「そんな顔をしていると、貧乏神が憑《つ》いて、運が逃げてゆくぞ。いつも明るいこと、それこそがおまえの持ち味じゃないか。いつも明るさを失わぬ性格だから、おまえはなんでも前向きに考えることができて、そのおかげで探索だってうまく進むんだ。このところ立て続けに手柄を立てているのは、前向きだったからだぞ。常に顔を上げている者にしか、幸運はめぐってこんのだ」

まったくその通りだ、と富士太郎は思った。まさか琢ノ介にこんなふうに励まされる日がこようとは思ってもいなかった。

「ありがとうございます」

富士太郎は素直に頭を下げた。

「平川さんのいう通りです。今からしっかりと顔を上げて、探索に励むようにします」

そうすれば、いま踏み込んでいる沼を抜けるのも、きっと早まろう。

「ところで平川さん、こんな遅くまでなにをしているんです」

「商売で出歩いているに決まっているだろう」

「こんなに暗いのにですか」

「暗くなってもやっている店はいくらでもあるぞ。飲み屋や料理屋、料亭の類だ。あまり忙しい刻限に顔を出すのも迷惑だろうから控えてはいるが、うちが入れた奉公人が働いている姿は、小さくあいた窓からでも見られるからな。一所懸命に働いているのを見れば、こちらも心が安まる」

その言葉に富士太郎は、ほとほと感心した。

「平川さん、変わりましたねえ」

万感の思いを込めていった。

「自分ではそうは思わぬのだが、そうか、変わったか」

「がらり一変、という言葉がぴったりですよ。これからまだがんばるのですか」

「さすがに腹が減った。あまり遅くなると家の者が心配するだろうから、もう引き上げようと思っている」

「こんなに暗くなるまでがんばるのは本当にたいしたものだと心から敬服します

けど、怖くはありませんか」

「そりゃ、怖いさ。さっきだって、人影が急に目の前にあらわれて、心の臓がはね上がるくらいどきりとしたのだ。それが富士太郎と珠吉だったから、へたり込みそうになるほどほっとした」

そうだったのか、と富士太郎は思った。自分に置き換えてみれば、よくわかる。何者とも知れぬ者に命を狙われているのだ。心安まらぬ日々が続くのはまちがいない。

「こうしてがんばれているのは、あんなやつらに負けてたまるかという気持ちでいるからだ。命を狙われているのは、もちろん気持ちのよいものではないが、そんな脅しなどに屈せんぞ、とも思っている。——富士太郎、珠吉、心配そうな顔を並べんでもいい。わしは大丈夫だ。殺されやせぬ。なんといっても守るべき者ができたゆえな。これは強いぞ。死ぬ気はまったくせぬ」

きっぱりといい切った琢ノ介はまさに堂々としている。晴れ晴れとした顔だ。

「富士太郎、おまえのほうはどうなんだ。今日もまだこれからがんばるつもりでいるのか」

「ええ、もう少しだけと思っています」

「珠吉次第ということか」

一歩前に出て、珠吉がぐいっと胸を張る。

「あっしはへっちゃらですよ。疲れてなんかいやしません」

ふふ、と琢ノ介が笑う。

「強がりではないようだな」

「もちろんですよ。あっしは大黒柱のように頑丈にできているんですから」

珠吉をのぞき込み、富士太郎は顔色を確かめた。暗いからはっきりとはわからないが、目の下にくまなどはできていないようだ。

「珠吉、本当にまだがんばれるかい」

「当たり前ですよ」

「すまぬな。わしが襲われたために、おまえたちに探索を押しつけてしまい」

「平川さん、なにをいっているのですか。それがしたちはこれでご飯を食べているのですよ。仕事に精出すのは当然のことです」

「富士太郎、おまえ、本当にたくましくなったな。いうのは易いが、俸禄《ほうろく》に見合った仕事ができている者など、本当に少ないぞ。少なくともわしの仕えていた家中には、ほとんどいなかった」

「それがしは俸禄に見合う働きをしていますかね」

「なに、謙遜《けんそん》することはないさ。たいしたものだとわしは思っておる。富士太郎は、将来は奉行所を背負って立つのではないか」

「そんなことはありませんよ」

「同心が与力に出世できればよいのにな」

「いつかそういう日がくるかもしれませんね」

「くればよいな」

にこりと笑った琢ノ介が手を上げる。

「富士太郎、珠吉。では、これでな」

「はい、平川さん、くれぐれも気をつけてくださいね」

「うむ、もちろんだ」

深くうなずいた琢ノ介が足を踏み出す。提灯が徐々に遠ざかってゆく。

しばらく灯りを見つめていたが、琢ノ介のどっしりとした歩みに変わりはない。自信にあふれている。おあきを伴侶《はんりょ》に迎えて生まれ変わったようだ。

おいらも智ちゃんをめとったら、ああいうふうになれるのだろうか。とにかく平川さんに負けていられないよ。

「よし、珠吉。もう少しがんばるよ」

「合点だ」

富士太郎は珠吉とともに、再び探索をはじめた。

その甲斐があったというべきだろう、それから四半刻もたたないうちに、燃えた道場の近くで、火事の出た晩に見慣れぬ男を見たという者を見つけたのだ。

一軒の煮売り酒屋から出てきた男に、珠吉がすばやく声をかけたら、男はそういうふうに答えたのである。男は錺《かざり》職人で、達三《たつぞう》と名乗った。道場の近所に住んでおり、その男を見たのは、遅くなった仕事帰りに、どこぞで一杯やろうかと考えていたところだったという。

「どんな男だった」

「若くて、背は高くもなく低くもありませんでしたね。やせてもおらず、肥えてもいませんでした。目が大きくて、鼻が高かったですね。なかなかよい男でしたよ」

「もしやこの男ではないかい」

琢ノ介が描いたものを写し取った人相書を富士太郎は懐から取り出した。

一礼して手に取った達三が人相書を目の前にかざす。よく見えるようにと、珠吉が提灯を高く掲げた。

「ええ、まちがいありません。この男ですよ」

達三が断言する。

つながった、と富士太郎は思った。珠吉も手応えを得たという顔つきをしている。

「この男を見たのは火事の出る前かい」

なおも富士太郎はきいた。

「さいですよ。確か火が出る直前のことでしたね。道場のそばの常夜灯の明かりに横顔が浮かんだんですよ。うつむくようにして道場へつながる路地に入っていきましたね。なにか落ち着かない感じがしていましたよ」

「達三、おまえ、あの火事が付け火だったということを知らないのかい」

「えっ、付け火。そうだったんですかい」

「知らなかったんじゃ、しようがないね。でも、次からはそんな大事なこと、ちゃんと知らせておくれ。番所まで来ずともよいから、自身番に知らせておくれよ」

「はい、わかりました。なにも知らなかったもので。すみませんでした」

「いや、謝る必要なんかないよ。せっかくいい気分だっただろうに、足を止めてすまなかったね」

「そういえば、この人相書の男の人、一度、よそで見たことありますよ」

「なんだって」

さすがに富士太郎は勢い込んだ。珠吉は達三の顔に提灯を近づけた。

「どこで見たんだい」

顔をうつむけ、達三は額をごりごりとかく。

「あれは、確か、具伝《ぐでん》という居酒屋ですよ」

「具伝かい。珍しい名だね」

「ぐでんぐでんからきているといたことがありますよ」

「どこにあるんだい」

「この近くですよ。近いといっても四町ほどありますけど」

この道をまっすぐ行き、稲荷脇の道を左に折れてすぐの路地の奥にあるとのことだ。

「ありがとね」

富士太郎と珠吉はさっそく赴いた。

達三のいう通り、さして遠くなかった。いわれた通りに道を行き、あらわれた路地をのぞき込むと、『具伝』と記された赤提灯が、風にゆったりと揺れていた。

「あそこだね」

うなずき合って富士太郎と珠吉は歩を進め、店の前に立った。鶏を焼いているのか、香ばしい脂のにおいがしている。それだけでなく、おでんのにおいも漂ってきている。

――こいつはたまらないね。

空腹の富士太郎は思ったが、珠吉が平気な顔をしているので、それにならった。男子《おのこ》たる者、ときにはやせ我慢も必要だろう。

「ごめんよ」

暖簾を払って、富士太郎は建てつけのあまりよくない戸をあけた。

「ああ、これは八丁堀の旦那」

厨房にいたあるじらしい男が、鉢巻《はちまき》を取って挨拶する。客は二人だけで、年老いた男同士、静かに杯を傾けていた。肴《さかな》はおでんと焼鳥である。二人の男はそろって富士太郎たちを見たが、すぐに興味が失せたようにおでんをつつきはじめた。小女が一人いたが、明らかに手持ち無沙汰だ。

「ちょっとすまないけど、こいつを見てくれるかい」

懐から人相書を取り出し、富士太郎はあるじに手渡した。真剣な顔であるじが人相書をにらみつけるようにする。

「知っている男かい」

しばらく眺めていたが、あるじはかぶりを振った。

「いえ、知りませんねえ」

富士太郎にとって思いがけない言葉だった。

「この店で見たという者がいるんだが」

「いえ、本当に知りません」

手元に返ってきた人相書を、富士太郎は小女にも見せた。小女も、見たことのない人ですねえ、とすまなそうにいった。

「そうなのかい」

まさか男のことを知っていてかくまっているというようなことはないだろうね。

客の二人の年寄りにも人相書を見てもらった。二人とも酔眼を凝《こ》らして見てくれたが、やはりかぶりを振った。

おかしいね、と富士太郎は思ったが、知らないというのをどうすることもできない。

「あっしは人の顔を覚えるのは、得手なんですけどねえ」

店主がぼやくようにいった。

「すまなかったね」

仕方なく富士太郎たちは具伝を出た。

「おかしいねえ。達三は嘘をついたのかねえ」

「嘘をついているようには見えませんでしたけど」

近くで金槌の音がしていることに富士太郎は気づいた。珠吉もそちらに顔を向ける。

「こんなに暗くなっているのに、まだ仕事をしているんだねえ」

「ええ、信じられませんね」

具伝から東へ半町ほど行ったところに、まだ仕事をしている普請場はあった。大きな幕でまわりを囲み、その中で普請が行われていた。

「のぞいてもいいかな」

富士太郎は珠吉にきいた。

「別にかまわないんじゃないんですか」

「そうだよね」

興味を引かれた富士太郎は幕を上げて、中をのぞき込んだ。いくつかの大提灯に火を入れて、大工たちがまだ仕事をしているのが目に入った。かなり大きな建物で、一軒家を改装しているようだ。

「遅くまで精が出るね」

腕を組んですっくと立ち、普請の様子を眺めている棟梁と思える男の背中に、富士太郎は声をかけた。

「誰だっ」

いきなり背後から声をかけられた棟梁が驚いて大声を上げた。振り返って、富士太郎と珠吉を見る。

「ああ、なんだ、八丁堀《はっちょうぼり》の旦那ですかい」

「驚かせてすまなかったね」

「いえ、そんなこたあいいんですよ。あっしはすぐにびっくりするたちなんで」

「見せてもらってもいいかい」

「えっ、ええ、どうぞ」

富士太郎と珠吉は幕の内側に入った。

「おまえさん、棟梁だね。どうして、こんな遅くまでがんばっているんだい」

「施主がそうしてくれとどうしてもいうものですから……。代も弾んでくれましたし、あっしらもやるしかねえもんで……。近所迷惑でしょうけど、三日で仕上げるようにいわれてますんで、突貫《とっかん》でやっているんですよ」

「なにができるんだい」

「えっ、ああ、剣術道場のようですよ」

「へえ、そうかい」

且助の道場を燃やしてしまえば、こちらに門人が集まるという計算を働かせて、火を付けたんじゃないだろうね。

そんな疑いを富士太郎は抱いた。

「施主は誰だい」

「えっ、いわなきゃまずいですかい」

「是非とも聞かせてもらいたいね」

「えっ、ああ、本村助九郎《もとむらすけくろう》さまというお方ですよ」

「武家だね」

「ええ、さようです。この道場の師範をつとめられるらしいですよ」

「この男かい」

富士太郎は棟梁に琢ノ介を襲った職人ふうの男の人相書を見せた。

「いえ、ちがいます。本村さまとは似ても似つかないですよ」

棟梁は、ほっとしたようにいった。

「忙しいところをすまなかったね」

「とんでもない。お役に立てずに、こちらこそすみませんでした」

「いや、いいんだよ」

富士太郎と珠吉は幕の外に出た。

ふう、と息をついて富士太郎は珠吉を見つめた。

「さすがに疲れたね。珠吉、今日はこの辺にして引き上げようか」

「あっしはまだまだ平気ですけど、旦那がへたばったようですからね。明日もありますし、ええ、引き上げたほうがいいでしょうね」

「よし、じゃあ、そうしよう」

そういって、富士太郎は両肩をぐるぐる回した。

「ああ、痛いねえ。だいぶ肩が凝っているよ」

「早いところお屋敷に帰って、智代さんにもんでもらってくだせえ」

富士太郎はにこりとした。

「うん、そうしてもらおうかな」

智代の顔を思い浮かべたら疲れが飛んだ気がした。まだやれそうな気持ちになったが、ここは無理をしないほうがよい。

珠吉が疲れていないはずがないのだから。

七

少しむずかしい顔をした。

「今度は大太刀の遣い手が相手か」

布団の上に座って仁埜丞が問う。直之進は小さくうなずいた。

「はっ、そういうことです」

「大太刀の対処の仕方は一つだけだ」

「どのような手立てですか」

「すでに直之進も気づいているはずだ」

「仁埜丞、もったいぶらずに早く教えてやれ」

横から房興が焦《じ》れたようにいう。もっとも、顔は笑っている。

「とにかく速さだな。懐に突っ込む速さしか手立てはない。どれだけの勇気を持って懐に飛び込めるか。ほかに手はない」

「わかりました」

その言葉を直之進は胸に刻んだ。勇気を振りしぼりさえすれば、あの大太刀の男を倒すことができるのだ。

「よし、直之進、見てやろう」

いきなり仁埜丞にいわれて、直之進は戸惑った。

「稽古をつけてやろうというのだ」

「なに。仁埜丞、大丈夫か」

さすがに房興が案ずる。

「激しい動きは手控えますゆえ」

「それならよいが」

「直之進、おぬしの得物はそこの竹刀だ」

指示しておいて仁埜丞が立ち上がる。芳絵が手を貸そうとするが、仁埜丞は断った。

「かたじけないが、もうこのくらいは平気だ。できるだけ自分の力で動くようにせぬと、なかなか体は戻らぬ」

「はい、承知いたしました」

殊勝に答えて、芳絵が腰高障子をあける。

「すまぬな」

礼をいって濡縁に立った仁埜丞が雪駄を履いて、庭に下りた。竹刀を握った直之進は自分の雪駄を履こうとして、とどまった。突っ込む速さが問題ならば、裸足のほうがずっとよいだろう。

「お師匠、得物は」

今のところ仁埜丞はなにも手にしていない。

「わしはこれよ」

一本の釣り竿を手にした。ひゅんと振る。

「なかなかいい感じだな。――直之進、その男の持つ大太刀はこれくらいの長さではないか」

「はい、同じくらいです」

「直之進、これをかいくぐれ。この釣り竿に打たれる前に竹刀でわしの懐に入れたら、おぬしの勝ちだ。よし、来い」

竹刀を構え、直之進は間合をはかった。

「来いっ」

仁埜丞が気合を放つ。その声に後押しされたように、直之進は突っ込んだ。いきなりびしりと音がして、肩に痛みが走った。うっ、といううめき声が我知らず出る。

「もっと速く」

仁埜丞が励ます。

「はっ」

もう一度、直之進は突っ込んだ。またも肩を打たれた。

次は頭をやられた。釣り竿といえども仁埜丞の一撃は強烈で、目の前がくらくらする。

「こちらの動きをもっとよく見るのだ。直之進、よし、来い」

いわれた通りに直之進は突進した。今度は一撃目はよけたが、二撃目で腹を打たれた。少し息が詰まった。

「惜しかったな。敵はこのくらいの回転の速さを誇っておるのだろう」

「その通りです」

「一撃目、二撃目を両方ともかいくぐってしまえば、おぬしの勝ちだ。よし、来い」

　それから何度も繰り返した。仁埜丞に打たれすぎて、痛みをあまり感じなくなった。もしこれが真剣だったら、直之進は数え切れないほど死んだことになる。

　おそらく百度は超えたと思える頃、体が軽くなり、自分でもふっと足さばきが変わったのがわかった。一撃目を避け、二撃目もかわした。直之進は仁埜丞の喉《のど》頸《くび》に、竹刀の切っ先を突きつけていた。

「やったの」

　満面の笑みで仁埜丞がほめたたえる。

「相変わらずの勘のよさだな。正直もう少しかかるかと思うたが、やはり直之進の成長の早さは尋常ではない」

「すごいな、直之進」

　縁側に座って眺めていた房興が立ち上がり、拍手をする。

「本当にすごいわ」

芳絵は目を丸くしている。女としては相当の遣い手だから、直之進がどれだけ難儀なことをしてのけたか、よくわかっているのだ。

「よし、これでよかろう。直之進、呼吸はわかったな」

直之進としては正直、もっと稽古を続けてほしかったが、これ以上はさすがの仁埜丞も体が保たないだろう。

「はっ、入り込む呼吸はつかめたような気がいたします」

「わしももっと相手をしたいところだが、今日はこれまでにしよう。すまぬな、直之進」

「とんでもない」

深々と頭を下げて、直之進は感謝の意をあらわした。

「これで勝てるか、直之進」

期待が半分、気がかりが半分という顔つきで房興がきいてきた。

「勝てると思います」

先ほどの足さばきが再現できれば、勝利を手中にできるだろう。

「では、これにてそれがしは失礼いたします」

「直之進、必ず和四郎どのの仇を討ってくれ」

房興にしてはやや激しい口調でいった。

「和四郎どのに会《お》うたことはないが、兄上を守ってくれた者なら、余とも深い縁がある者ということになる。頼むぞ、直之進」

「はい、お任せください」

きっぱりといって直之進は房興たちの見送りを受け、家をあとにした。

いったん米田屋に戻ろうと考えた。光右衛門の容体が気にかかる。昨日は佐之助のことがあって、米田屋に行っていないのだ。おきくたちからつなぎがなかったから、なにごともなかったのはわかっているが、日に一度は顔を見ないと落ち着かない。やはり直之進にとって光右衛門はそれだけ大事なのだ。

それにしても、と直之進は佐之助のことを思い出して、安堵の息をついた。間に合ってよかった。あと少し遅れていたら、佐之助は殺られていたかもしれない。殺しても死なないような男だから、なんとか凌いだかもしれないが、危うかったのは事実だ。

佐之助がお咲希をほっぽり出して戦うような男でないことを、あの頭巾の男は明らかに知っていた。お咲希を抱かせておけば、一方的に攻められるとわかっていたのだ。やつらは、やはりこちらのことを相当調べ上げてから、殺しにかかっているのである。

となると、おきくたちのことも知っているにちがいない。あまり出歩かないようにいっておくほうがよいだろう。本当に用心棒をつけることを考えたほうがいいかもしれない。なにしろ昼間は琢ノ介はおらず、店には女子供、年寄りだけなのだ。

やがて米田屋が見えてきた。自然と直之進は急ぎ足になった。

暖簾が穏やかに風に揺れている。何者かに襲われたというようなことはなさそうだ。よかった、と直之進は思った。

「ごめん」

声をかけて中に入る。

「湯瀬さま、いらっしゃいませ」

帳場格子の中からおれんが明るくいう。

「お邪魔する。米田屋の具合はどうかな」

真っ先にきいた。

「今日は具合がよいようです。体も軽いそうです」

「だからといって、まさかまた出歩いているのではあるまいな」

「いえ、自分の部屋でおとなしく書物を読んでいます」

「ほう、そうか。米田屋が書物とは、珍しい気がするな」

「これまで仕事が忙しかったからあまり読まなかっただけで、本当は好きらしいですよ」

「ほう、そうなのか。知らなかったな」

「湯瀬さま、お上がりください」

「かたじけない」

言葉に甘えて雪駄を脱ぎ、直之進は店から上がらせてもらった。

「琢ノ介は今日も出かけているのか」

「ええ、得意先廻りです。とにかく顔を覚えてもらうのだといって、張り切っています」

「まずは、なにをおいてもそのことが大事だろうな。顔を覚えてもらい、そこから徐々に信用を築いてゆく。近道はあるまい。たいへんだろうが、そのあたりのことを琢ノ介は心得ている。大丈夫だろう」

「はい、私もそう思います」

うれしそうにおれんがいって、すぐに、ああ、と声を上げた。

「そういえば義兄《にい》さま、昨日、樺山さまにお目にかかったそうですよ。樺山さまもずいぶん遅くまで仕事に精出しておられ、自分も負けてはおれん、といっていました」

そうか、富士太郎さんたちもがんばってくれているのだな、と直之進は思った。ならば、この俺も負けてはいられぬ。

「おきくちゃんは」

「ごめんなさい。今ちょっと用事で出かけています。すぐに戻りますよ」

おきくも狙われかねないから不安だが、大丈夫だ、と直之進は自らにいい聞かせた。おきくの身になにかあるはずがない。

廊下を通って、直之進は光右衛門の寝所の前に立った。

「米田屋、起きているか」

静かに声をかけた。

「その声は湯瀬さまですな。はい、起きておりますよ。お入りください」

腰高障子をあけ、直之進は敷居を越えた。

「湯瀬さま、いらっしゃいませ」

「うむ、邪魔をする」

光右衛門は文机に書物を置き、熱心に読んでいた様子だ。

「なにを読んでいる」

「なに、軍記物ですよ」

「好きなのか」

「ええ、幼い頃から。これまであまり読む機会がなかったものですから、今のうちに読んでおこうと思いましてね」

今のうちか、と直之進は思った。

「おもしろいか」

「おもしろいものとつまらないもの、半々といったところですか。おもしろいものは一気に読めますが、そうでないものは、ほっぽり出したくなります」

背筋をすっと伸ばして、直之進は光右衛門を見つめた。

「具合はどうだ。おれんちゃんから、よいと聞いたが」

「ええ、今日はとても調子がいいのですよ。もしかしたら、このまま治るのではないかという期待を持たせてくれるくらいです」

「いくら調子がよいからといって、米田屋、無理は禁物だぞ」

直之進は真摯な口調でいい聞かせた。光右衛門がにこりとする。

「よくわかっておりますよ。もう決して無理をするつもりはございません。皆に迷惑がかかりますからね」

「食事はとっているのか」

「ええ、もちろん。最近はお米の味がよくわかるようになりました。前はばくばく食べていましたけど、今は一粒一粒を噛み締めていただくようにしています。お米というのは、こんなにも甘いものだったのかと、この歳にして思い知ったような気分でございますよ」

「そんなに甘く感じるか」

「ええ、湯瀬さまも量を少なくして噛み締めるように召し上がると、おわかりになるでしょう」

「だが、俺はまだまだ盛大に食べたい口だな」

「湯瀬さまはお若いですからな」

「そうでもない。もう三十だぞ」

「手前に比べたら、子供みたいなものですよ」

「実際におぬしのせがれになるぞ」

「ええ、さようでございますね。早くなってください」

「うむ、わかっている」

直之進が答えたとき、廊下をやってくる足音が聞こえた。

「湯瀬さま、お客さまです」

おきくの声がして腰高障子があけられた。

「帰ってきていたのか」

「ええ、先ほど」

「会えてよかった」

心からの笑みを直之進は浮かべた。

「私も」

おきくが直之進を見上げて、微笑する。

「おい、おきく。湯瀬さまにお客さまなのだろう」

光右衛門がおきくに催促する。

「ああ、はい、そうでした。こちらです」

おきくにいざなわれ、直之進は店に向かった。

「子之助」

この前、和四郎の死を知らせに来た若者である。まさか、今度は登兵衛どのが殺られたという知らせではあるまいな。

「登兵衛さまが、田端の別邸にお運びいただきたいとのことでございます」

「わかった。行こう」

きっと堀田家に関係する者について、なにかわかったのだろう。いったん光右衛門の寝所に戻り、ちょっと出かけてくる、と告げた。

「お気をつけてくださいね」

「ありがとう、決して無理はせぬ」

直之進は子之助の前に戻った。

「行ってらっしゃいませ」

おきくの見送りを受けて、直之進は子之助とともに歩き出した。

登兵衛が一枚の紙を手渡してきた。

受け取った直之進は、すぐさま目を落とした。そこには、おびただしい数の名が列挙されている。

「これは」

「すべて堀田家の遺臣の名でございます。住まいも、できる限り書き記してございます」

「もらってよいか」

「もちろんでございます。そのためにお呼び立ていたしたようなものでございます」

「かたじけない」

直之進は懐に大事にしまい込んだ。

それを見て登兵衛が口をひらく。

「堀田正朝の家人で、預け先の大名家からいなくなった者がいるかどうか調べてはおりますが、まだはっきりしておりません」

「そうか」

「ただし、すでに二人の者が命を絶っております」

なんと、と直之進は思った。

「二番目の若君と一番下の姫が自裁《じさい》しております」

琢ノ介が襲われ、和四郎が殺され、佐之助が襲われた一連の騒ぎが正朝の遺臣の仕業とするならば、せがれと姫が自害したことで、直之進たちに対するうらみはさらに深まったということにならないか。

「ところで、登兵衛どのに伝えておかねばならぬことがある」

直之進がいうと、登兵衛が首をかしげる。

「はて、なんでございましょう」

「実は、ゆうべ、倉田佐之助も襲われたのだ」

「なんですって」

登兵衛の腰が浮いた。

「倉田さまはいかがなされました」

気がかりの思いを面に浮かべて登兵衛がたずねる。

「だいぶやられた。相当の傷を負ったが、命に別状はない。やつは本調子でない上に、お咲希を守らなければならなかった。よくあの程度の傷で済んだものだと、俺は思っている。あの男も俺に劣らず相当しぶとい」

「それはようございました」

登兵衛がほっと息をつく。

それから、と直之進は言葉を続けた。

「これはまだ誰にも話しておらぬのだが、俺は佐之助たちを典楽寺という寺に預けた。正直、あの寺も危ういかもしれぬ。敵の調べは周到だと思えるゆえな。だが、典楽寺の岳覧という和尚は機転が利くという話だ。佐之助たちをきっと守ってくれるに相違あるまい」

実際のところ、佐之助は他人の世話になることをいやがったのだが、それを直之進は説得したのだ。このまま長屋にいては次に襲われたとき、皆殺しにされるぞ、と。お咲希にまた危害が及ぶことを恐れた佐之助は、ようやく直之進の言葉を聞き入れたのである。

「典楽寺といいますと、千勢さまが働きに行っているお寺でございますな」

「そうだ。よく知っているな」

「はい、前に和四郎から聞きました」

和四郎の名をいった途端、登兵衛の顔が少し曇った。すぐに気持ちを入れ直したように顔を上げた。

「手前もさらに堀田家の遺臣を当たるつもりでございます」

「そうか。しかし、登兵衛どの、大丈夫か」

登兵衛が小さくかぶりを振った。

「今は、自分の身を案じている場合ではないと思うています。和四郎を殺されて、座しているわけにはまいりませぬ」

「警護の者は」

「もちろんつけます。もし手前まで殺されては、和四郎を殺した者を探索できませぬ。手練の警護を何人もつける気でおります」

「うむ、それがよかろう」

真摯な目を当てて直之進は登兵衛にいった。

「登兵衛どの、決して無理はせぬようにな」

「重々承知しております。湯瀬さまも」

「うむ、わかっている」

琢ノ介、和四郎、佐之助ときたら、次は登兵衛か自分だ。登兵衛が先かもしれないが、それはわからない。順序は向こうが決めるのだ。とにかくいつ襲われるかわからない。油断だけは禁物だ。

すっかり冷え切ってしまった茶で唇を湿し、直之進は静かな声できいた。

「登兵衛どの、少しは落ち着いたか」

直之進にならって茶を喫した登兵衛が湯飲みを茶托に戻す。

「はい。悲しみはまだまだ癒えませんが、気持ちだけは静まってきたような気がいたします。その代わりに、怒りがふつふつと湧き上がってきています。怒りは昨日もむろん感じていましたが、それよりも今日のほうがずっと強くなっています。和四郎を殺した者を捕らえ、八つ裂きにしてやります」

登兵衛の悔しさが伝わってきた。ぎりぎりと歯ぎしりが聞こえてきそうだ。


登兵衛の別邸を辞した直之進は一人、道を南に向かって歩きはじめた。今日は天気がよく、西を眺めると富士山がよく見える。白い雪をかぶった霊峰は美しいが、駿河で生まれ育った者にとっては、正直いえば、もっと大きな富士山が見たい。


そういえば、と直之進は思い出した。以前、和四郎が沼里に来たとき、雄大な富士山に感動していた。いい男だったな、と直之進は懐かしんだ。また会いたいが、その願いは決してかなえられない。和四郎を失ったことが、悔しくてならない。登兵衛ではないが、殺した者は八つ裂きにしても飽き足らない。

根岸までやってきて、直之進は懐から遺臣の一覧を取り出し、一人目の住まいを確かめた。このあたりでまちがいない。

人にきいて向かったのは裏長屋である。

自分が住んでいる長屋とさして変わりはなかった。

八戸ずつの店が、狭い路地を挟んで向き合っている。遺臣の名は寺内龍之輔《てらうちりゅうのすけ》といった。

右側の長屋の一番手前が寺内の住みかだ。障子戸の前に立ち、直之進は訪いを入れた。

「どなたかな」

障子戸ががたぴしいって横に動く。丸顔がこちらを見た。歳は四十過ぎか。独り身のようだ。

「寺内どのか」

「おぬしは」

顔に警戒の色がある。

「それがしは湯瀬直之進と申す。ちとおたずねしたき儀があって、足を運ばせてもらった」

「はて、どのようなことでござるかな」

「堀田家の遣い手のことにござる」

「いきなり堀田家の遣い手とは藪から棒になにをいわれるな」

「堀田家といえば、亡くなった正朝公もそうでいらっしゃったが、家臣は遣い手ぞろいとの評判にござった。その中でも特にすばらしい遣い手というと、誰になるのか、うかがいたいと思うてまいったのでござる」

どうしたものかと思案していた龍之助が、直之進のひととなりを見て警戒を解いた様子がうかがえた。

「さようか。――とりあえずお入りになるか。男の一人暮らしゆえ、汚いところだが」

「痛み入る」

言葉に甘えて直之進は畳の上に正座した。

「湯瀬どのといわれたが、どうして堀田家の遣い手のことをお聞きになるのだ」

偽りをいう必要はない、と直之進は判断し、自分の仲間が三人も襲われて、そのうちの一人が命を落としたことを正直に語った。

「それは旧堀田家の家臣の仕業だといわれるのか」

「まずまちがいなく」

さようか、といって龍之輔がむずかしい顔つきになる。

「それがしが知っておる遣い手といえば、まず滝上弘之助どのでござろう。だが、その者は死んだと聞いておりもうす」

滝上弘之助のことは直之進もよく覚えている。容易ならぬ遣い手だった。

「そのほかに遣い手というと、何人かいることはいるが、まあ、一人上げろといわれれば、鹿久馬どのでござろうな。実は、弘之助どのには弟がおってな。鹿久馬どのはその弟御にござるよ」

「弟……」

「さよう。主家が取り潰しになったとき、鹿久馬どのは武者修行中だったのでござる。廻国しており、遠く九州におりもうした」

九州にいたのでは、主家の危機を聞いても急には駆けつけられまい。

「鹿久馬どのは、我が殿正朝公の直弟子といってよい男でござった。腕は恐ろしいほどに立ちもうす。兄以上という評判があったくらいでござるよ。実に身軽で、軽捷《けいしょう》な剣を遣うという話を耳にしたことがござる」

「軽捷な剣でござるか」

「さよう」

「大太刀の遣い手ではござらぬか」

首を軽くひねって、龍之輔が思い出そうとする。

「大太刀のことは、それがしは覚えておりもうさぬ。国元で同じ道場にいた足立《あだち》仲之丞《なかのじょう》ならば、鹿久馬のことをよく知っているのではあるまいか」

龍之輔に仲之丞の居場所を教えてもらった。辞する前に、堅田種之助が描いた人相書を龍之輔に見せた。

「はて、知りませぬな」

「いろいろご教示いただき、かたじけなかった」

ていねいに礼をいって、直之進はさっそく足立仲之丞のもとに赴いた。


そこは小石川初音《はつね》町《ちょう》だった。龍之輔によると、主家が取り潰しに遭って以来、龍之輔と同様、足立仲之丞も長屋暮らしをしているそうだ。

裏長屋で、日当たりが極端に悪い。これでは洗濯物はそうそう乾くまいと思えた。その分、店賃はぐっと抑えられているのだろう。

足立仲之丞は長屋にくすぶっていた。ひげがぼうぼうで、端整な顔立ちが台無しになっていた。ただれたように目やにがつき、主家の取り潰し後、ずっと自堕落な暮らしを送っているのは明白だ。歳は二十七というから直之進より三つ下だが、その若さはまったく感じられない。剣術道場で滝上鹿久馬と親しくしていたというくらいだから、そこそこの腕前であるのは確かなはずだが、その名残《なごり》すら見いだすこともできない落魄《らくはく》ぶりだった。

「鹿久馬か」

直之進が正直に事情を話すと、ふう、と息を大きくついてから、仲之丞が何度か小刻みに首を振った。

「懐かしい名を聞くものだ。今頃、どこでなにをしているやら」

「では、滝上鹿久馬の消息はご存じないか」

「知りもうさぬ。鹿久馬とは、お家が取り潰された直後、江戸の道場で一度会ったきりにござるよ。九州にいた鹿久馬があわてて戻ってきてな、それがしに取り潰しの事情を盛んにきいてまいったな」

「詳しく話されたのか」

いや、と仲之丞が否定する。

「それがしは、他の者と同様、なにゆえ主家が取り潰されねばならぬのか、さっぱりわからなんだ。逆に教えてほしいくらいにござった。今もろくに知りもうさぬ。そのためか、なにもやる気が起こらず、ただ無為に時を過ごしているのでござるよ」

「一つうかがってよろしいか」

少し声を落として直之進は申し出た。

「なんなりと」

「鹿久馬は軽捷な剣を使うとの話を聞きもうした。大太刀を使うと耳にされたことはござらぬか」

「鹿久馬は大太刀が得手でござった。大太刀を普通の刀のように扱うことができもうした。軽捷な剣というのは、そういうところからいわれているのではござらぬか」

実際、大太刀と戦ってみた直之進にとって、あれが軽捷な剣といわれるとちがうような気がする。確かに刀の回転が速いのは認めるが、やはり大太刀らしい重みが感じられた。このまま仲之丞と対座していても、この答えは得られそうにない。

居住《いず》まいを正し、直之進は仲之丞に頼み事をした。

「鹿久馬の人相書でござるか。よろしゅうござるよ」

あっさりといって、仲之丞は文机の上に墨と紙、筆を用意した。

「絵はあまりうまくないのでござるが」

そういいながらも、仲之丞はなかなか達者だった。

「なるほど、こういう顔をしていたのか」

できあがった人相書を見て、直之進はつぶやきを漏らした。頭巾姿しか目にしていないが、その下の面立ちを直之進なりに想像していた。頭に描いていたものとはだいぶちがい、兄の弘之助ともあまり似ていなかった。

この滝上鹿久馬が琢ノ介や佐之助を襲い、和四郎を手にかけたのはまずまちがいないだろう。

「この人相書をいただいてよろしいか」

すっと仲之丞が手のひらを差し出してきた。

「代をいただこうか」

金を取るのか、と直之進は虚を衝《つ》かれたが、この困窮ぶりでは致し方ないだろう。

「いくらかな」

「志でけっこう」

懐から財布を取り出し、一分をつまみ上げて仲之丞に渡した。

「おっ、こんなにいただけるのか。今夜はうまい酒にありつけそうだ」

にこにこと仲之丞が相好を崩す。

墨が乾いているのを確かめて直之進は鹿久馬の人相書を折りたたみ、懐にしまい込んだ。

濁った目で仲之丞が見つめてくる。

「湯瀬どのといったな。鹿久馬を見つけたらどうするつもりだ」

「まだ決めておらぬ」

「殺すのか」

「かもしれぬ」

ぎらりと目を光らせた直之進を、仲之丞がこわごわと見る。

「やつは手強《てごわ》いぞ」

「だが、必ず倒す」

「さようか」

「最後にこれを見てくだされ」

直之進は堅田種之助の描いた人相書を取り出した。

「この男に見覚えはござらぬか」

人相書を手にした仲之丞が、じっと目を落とす。

「知りませぬな」

龍之輔とまったく同じ答えを返してきた。

「では、それがし、これにて失礼つかまつる。人相書を描いていただき、かたじけなく存ずる。感謝いたす」

「なに、かまわぬよ。同じ家中の者を売ることになるかもしれぬが、やはり人殺しはいかん。鹿久馬は誅《ちゅう》されるべきでござろうな」

やや怒ったような口調で仲之丞がいった。ではこれで、と直之進が立ち上がりかける。

「ああ、そうだ」

仲之丞がいきなり膝をはたく。

「そういえばこの前、山久弁蔵《やまひさべんぞう》がいっていたな。鹿久馬に会ったと」

「その山久弁蔵どのも堀田家に仕えていらしたのか」

「さよう。お会いになるか」

「是非とも」

「近くに住んでおりもうす。それがしが案内して進ぜよう」

「よろしいのか」

「なに、一分の礼にござる。鹿久馬の人相書を描いただけで一分は大金過ぎるゆえ、少しでもお返ししたいと思ってな」

　仲之丞と直之進は外に出ると、連れ立って歩き出した。

　不意に何者かに見られているような気がして、直之進は背後にちらりと顔を向けた。だが、こちらを見つめているような者を見つけることはできなかった。

「どうかされたか」

　仲之丞にきかれた。

「いや、なんでもない」

　ほんの五町も行かないうちに、前を行く仲之丞が足を止めた。

「ここでござるよ」

　仲之丞が目の前の長屋を見やる。仲之丞の裏長屋とほとんど変わらないたたずまいだ。

「弁蔵、いるか」

　戸口に立って、仲之丞が障子戸を遠慮なく叩く。

「おるぞ。その声は仲之丞か」

「そうだ。あけるぞ」

「ああ、かまわぬ」

からりと障子戸をあけて、仲之丞が中をのぞき込む。

「弁蔵、客人を連れてきたぞ」

「客人だと。馬鹿、それを早くいえ」

土間に立った男が戸口から首を伸ばしてきた。長い顔をした男だ。眉が濃いが、その下の目が垂れているのが、人のよさをあらわしているように見える。顔とはちがい、体躯は琢ノ介と同じようにでっぷりとしていた。

「こちらは湯瀬どのだ。湯瀬どの、これが山久弁蔵にござるよ」

一歩進み出て直之進は腰を折った。弁蔵も辞儀を返してきた。

弁蔵は自堕落な暮らしをしているようには見えなかった。着流し姿の仲之丞と異なり、袴もちゃんとはいている。

「湯瀬どのは、滝上鹿久馬について話を聞きたいのだそうだ。弁蔵、ちゃんと話してやってくれ。頼むぞ」

仲之丞が頼むというように弁蔵の肩を叩いた。

「ああ、わかった」

「湯瀬どの、ではそれがしはこれで失礼する」

「いろいろ親切にしていただき、畏《おそ》れ入る」

「いや、江戸の暮らしは手を差し伸べ合うのが当たり前のことでござるゆえ。それがしも湯瀬どのに会えて、助かりもうした。この通りでござる」

一礼して仲之丞は去っていった。

「湯瀬どの、むさ苦しいところだが、入られるか」

弁蔵が遠慮がちに誘ってきた。やや声が固く、緊張気味なのは、人見知りをするたちだからか。それとも、この男は鹿久馬の一派なのだろうか。

それとなく直之進は弁蔵を観察した。剣の腕はほとんどないといっていい。この腕で鹿久馬一派に加わるとはとても思えない。鹿久馬のほうも必要としないだろう。

「かたじけない」

頭を下げて直之進は中に入り、畳の上に静かに正座した。

几帳面な性格なのか、店はきれいに片づいていた。塵一つ落ちておらず、仮に子供が跳ね回っても、畳からは埃すら立たないのではないかと思えた。

「滝上鹿久馬どののことで来られたとか」

「足立どのによると、つい最近、山久どのは滝上鹿久馬どのに会ったとのことでござるが、まちがいなかろうか」

「ああ、うむ。確かに鹿久馬どのと会いもうした」

「どこで会われた」

「あれは根津神社のそばでござった」

「なにを話された」

「久しぶりに会って驚いたのは、ずいぶんと鹿久馬どのが明るかったことでござる。道場をひらきたいというておった。もう当てもあるのだともな」

道場か、と直之進は思った。あの業前ならば、教え方次第では繁盛するかもしれない。

「道場はどこでやると」

「根岸のほうだといっておった。根津からはすぐ近くでござるな」

「根岸のどのあたりか」

「いや、そこまではそれがしも聞いておりませぬ。ただ、あの界隈《かいわい》の口入屋をあたれば、なにかつかめるのではあるまいか」

「さようか」

「湯瀬どのは、なにゆえ鹿久馬どののことをききにこられたのでござるか」

「滝上鹿久馬が、我が友を殺したかもしれぬゆえ」

「ええっ」

弁蔵がのけぞるように驚く。とても芝居のようには見えなかった。

弁蔵の長屋をあとにした直之進は根岸に行き、建物や土地の周旋をしている口入屋を何軒か訪ねた。足立仲之丞と堅田種之助の描いた人相書を次々に見せていった。

一軒目、二軒目、三軒目と、二人の襲撃者のことはまったく知らなかった。

四軒目で直之進はついに当たりを引いた。

「ええ、このお方なら確かに見えましたよ。道場の出物はないかときかれました」

仲之丞の書いた鹿久馬の人相書を見て、店主がうなずいた。

「この男は名乗ったか」

「いえ、名はおっしゃいませんでした」

「道場は見せたのか」

「はい、そのときの手持ちは一軒だけでした。その道場をお見せいたしました」

「それで」

直之進は先をうながした。

「いえ、お気に召さなかったご様子で、残念ながら取引は成立いたしませんでした」

「別の口入屋に行くようなことは、いっていなかったか」

さあ、と店主が首をひねる。

「手前はそこまで聞いておりません」

仕方なく直之進はその口入屋をあとにした。再び周辺の口入屋を当たる。

五軒目で、鹿久馬がやってきたという口入屋を見つけた。

山城屋《やましろや》といい、直之進はさっそく店主に話を聞いた。

「この男だが、確かに来たのだな」

直之進は人相書を見せながら店主に念を押した。

「はい、いらっしゃいました」

深く顎を引き、店主が断言する。

「手前は人の顔を覚えるのは得手でございまして、一度見たお方は滅多に忘れません」

「この男は名を告げたか」

「いえ、おっしゃいませんでした」

「道場のことで来たのだな」

「さようでございます。先に道場をご覧になり、気に入られたとのことでした。しかし、その物件はすでに買い主が決まっていたのでございますよ」

鹿久馬は先を越されたということか。

「今はそちらのお方がお買いになり、改装している最中でございますよ」

「その道場を見たいのだが、かまわぬか」

直之進は、鹿久馬の好みがわかるのではないか、という気がした。

「よろしゅうございますが、幕でまわりが囲まれています。それでもよろしければ」

まわりが幕で囲まれているといわれて直之進は思い出した。この前、根岸の高畠権限に行く途中、通りかかった普請場ではないか。

「それでもかまわぬ」

店主の案内で改装中の道場へ行った。

やはりこの前、見たところだった。

幕をめくり、中を見ることはできなかった。

「施主から誰にも見せぬように厳しくいわれているものですから、申し訳ございいません」

山城屋の店主が頭を下げる。

槌音は響いてこない。すでに大方でき上がっているのだろう。ただし、いまだに大工たちが忙しそうに立ち働いているのは、気配から知れた。仕上げをしているのではないか。

見たいな。だが、禁じられているというのを無理に見るわけにはいかぬ。

そのとき、またも首筋に目を感じ、直之進ははっとした。

どこだ。

さっと見回し、どこから見られているか、すぐさま断定した。

右側の小さな稲荷だ。狭い境内に深い茂みがあり、そこから何者かが見ている。

「すぐ戻ってくるゆえ、ここにいてくれるか」

山城屋の店主に頼み、直之進は稲荷に向かって駆け出した。

茂みに隠れていた者は、いきなり直之進が迫ってきたことに面食らったらしい。あわてて逃げ出した気配が、強い波となって伝わってきた。

何者かは、稲荷社の裏口に逃げたようだ。自らを叱咤して直之進は追った。

ちらりと姿が見えた。若い男だ。種之助が描いた人相書の男に似ているように見えた。

――逃がすか。

足を速め、直之進は追った。

だが、すぐに見失った。この界隈は道が入り組んでいる。何度か角を曲がっているうちに、姿が見えなくなってしまった。気配もどこにもない。

「くそうっ、撒かれた」

あまりに悔しくて、直之進は足元の地面を思い切り蹴り上げた。風が吹き、舞い上がった土煙をあっという間にさらっていった。

八

見失ってしまったものは仕方ない。

いつまで悩んでいても、道はひらけない。

直之進は普請中の道場に急ぎ戻った。

直之進の言を律儀に守り、山城屋の店主はそこを動かずにいた。

「すまなかった」

近づいて直之進は頭を下げた。

「なにかあったのでございますか」

「ちょっとな」

言葉を濁し、直之進は新たな問いを発した。

「この道場の買い主は誰かな」

「ああ、それはご勘弁ください。お客さまのことをぺらぺらとしゃべるわけにはまいりませんので」

商売上の仁義なのだろう。和四郎を殺されて怒りの塊《かたまり》となっている直之進としても、無理強いはできない。この道場の買い主は、事件とはほとんど関係ないと思えるのだ。

そのとき、またも目を感じた。直之進はさっと顔を向けた。

「直之進さーん」

にこにこと笑顔の富士太郎が珠吉を連れて近づいてくる。手を振っていた。いま感じた目は、富士太郎だろう。

「こんなところで会うなんて、奇遇ですね」

軽く辞儀して富士太郎がほほえむ。

「うむ、まったくだ」

「これは樺山の旦那」

「ああ、山城屋じゃないか。どうして直之進さんと一緒にいるんだい。――直之進さん、どこかに道場を買うつもりで下見に来たのですか」

「いや、まさか。例の件で、調べているだけだ」

「ほう、例の件ですか。直之進さん、山城屋からなにをききたいんですか」

山城屋の店主が困ったような顔になったが、すぐさま口をひらいた。

「この道場を買われた方の名でございますよ」

「ああ、それならそれがしが知ってますよ」

「まことか」

「はい」

「えっ、樺山の旦那、誰にお聞きになったのですか」

にこりとして富士太郎が首を横に振る。

「それは秘密だよ」

「さようですか……」

山城屋のあるじが落ち着かない表情を見せた。

「おいらが直之進さんにいう分には、なんの文句もないね」

「はあ、それはもう」

「直之進さん、いいですか」

「うむ」

「この道場を買い取ったのは、本村助九郎という人ですよ」

山城屋のあるじが、本当に知っていたんだ、という顔をした。

「直之進さん、本村という人から話をお聞きになりたいのですか」

「なんとなく、聞いておいたほうがよいのではないか、という感じでしかない。どうしても、というわけではないのだ」

「直之進さんが気になるのだったら、聞いておいたほうがよろしいでしょうね。山城屋、本村という人の家に案内してくれるかい」

「えっ、手前が案内するのですか」

「この中で本村という人の家を知っているのは、おまえさんしかいないからね」

「はあ、わかりました」

ため息をついた山城屋の店主が先に立って歩き出した。

ほんの二町ほどで足を止めた。

「こちらです」

こぢんまりとした一軒家だ。小さな庭にいろいろな木々が植えられているのが、生垣越しに見える。なんとなく春を感じさせる風に揺れて、緑が美しかった。

「山城屋、すまないけど、ついでに本村さんをおいらたちに紹介してくれるかい」

「えっ、手前がですか」

「ほかにいないだろ」

「どうしても紹介しなければいけませんか」

「うん、そうしてくれるかい」

道に面した戸口に立ち、しぶしぶ山城屋が訪いを入れる。すぐに応えがあって、人の気配が戸口に近づいてきた。

「山城屋さんか。なんの用だ」

戸をあけて出てきたのは、目が糸のように細く、角張った顔をした男だった。歳は三十過ぎくらいか。

目の前に町方の者も入れて大の男が四人も立っていることに、本村助九郎は驚いていた。

物腰は実直そうで、悪さなどできそうにない。ただし、道場を営むにしては、剣の腕はいまひとつというのが一目で知れた。

「こちらのお方が、話を聞きたいとおっしゃるものですから」

「話というと」

直之進に顔を向けた助九郎が、おっ、とうれしそうな声を発する。

「これはまた、ずいぶんと腕が立ちそうなお方ですね。それがしはじき道場をひらこうと思っています。師範代にいかがですか。厚遇いたしますよ」

直之進を誘ってきた。

「いや、それがしにはその気はござらぬ」

苦笑とともに直之進は断りを入れた。

「さようでござるか。残念ですね。立ち話もなんなので、お入りになりますか」

助九郎が手招きする。

「では、お言葉に甘えて」

「手前はこれにて失礼いたします」

ていねいに辞儀して、山城屋の店主が去ってゆく。

「すまなかったな」

直之進は山城屋の背中に声をかけたが、あるじは聞こえなかったかのように足を速めた。

「さあ、どうぞ」

助九郎にいわれるままに直之進は富士太郎、珠吉とともに上がり込んだ。廊下を行く途中、助九郎は富士太郎を気にするようにちらちらと目を当てた。

座敷に通される。

「お話というと」

向かいに座った助九郎にきかれた。

「こちらを見ていただきたいのです」

懐から鹿久馬の人相書を取り出し、助九郎に見せた。

「この男をご存じですか」

「いえ、知りませぬな」

ただ、助九郎の眉のあたりがかすかに動いたのを、直之進は見逃さなかった。

——妙だ。この男、実は鹿久馬のことを知っているのではないのか。

「直之進さん、その人相書の男は誰なのです」

横から富士太郎がきいてきた。

「ああ、富士太郎さんたちにはまだ見せていなかったな。琢ノ介と倉田佐之助を襲い、和四郎どのを殺した男だ」

ええっ、と富士太郎がのけぞる。

「和四郎さんが殺された、いったいいつのことですか。あの倉田佐之助まで襲われたのですか。なぜすぐに知らせてくれないんです」

「すまぬ。俺も昨日知らされたのだ。居ても立ってもおれず、一人で動き回っていた。倉田が襲われたのは昨晩だが、命に別状はない。しかし、和四郎は……」

直之進の中で、再び悲しみがよみがえってきた。必ず滝上鹿久馬を殺す、という決意がさらに強固なものになった。

「この男が和四郎さんを殺したのですか」

直之進のつらさに思い至った様子の富士太郎が冷静になっていう。

「そうだ」

語気荒く直之進は答えた。

「お気の毒ですなあ」

助九郎がいったが、その言葉はどこか白々しく感じられた。

「この男に見覚えは」

種之助が描いた職人ふうの男の人相書を直之進は助九郎に渡した。

「いや、これも知りませんね」

一瞥しただけで直之進に返してきた。

「かたじけなかった」

助九郎の家を直之進は早々に辞した。外に出て、登兵衛から渡された一覧をひらく。

そこに本村助九郎という者の名はない。だが、堀田家の遺臣がすべて、この一覧に載っているわけではあるまい。

「直之進さん、大丈夫ですか」

富士太郎が心配そうにきいてくる。

「和四郎さんが死んでしまったただなんて、それがし、信じられないですよ」

「俺も同じ気持ちだ。だが、まことのことだ。俺は和四郎どのの仇を討たねばならぬ」

「無茶はしないでくださいね」

「心は熱く、頭は冷たくでいくつもりだ。富士太郎さん、心配してくれてありがとう。珠吉も俺のことを案じている顔だな。本当に無茶も無理もせぬ。大丈夫だ」

「それがしたちは且助の一件に戻りますが、よろしいですか」

「もちろんだ。手がかりをつかんだら、必ず教えてくれ」

「承知いたしました。では直之進さん、これで失礼します」

「うむ、富士太郎さん、珠吉、知らせが遅れてすまなかった。またな」

富士太郎と珠吉が足早に遠ざかってゆくのを直之進は見送り、それから再び小石川初音町に向かって歩き出した。目指すのは、足立仲之丞の長屋である。


だらしなく座り込んだ仲之丞は、大徳利を抱きかかえていた。湯飲みに酒を注いでは冷やでぐいぐい飲んでいる。店の中はひどく酒臭かった。

「おう、これはこれは湯瀬どの。一緒に飲もうではないか」

「いや、遠慮しておく。今から一人の男の人相をいうゆえ、人相書を描いてくれぬか」

「また代をくれるのならよいぞ」

る。

「よし、いってくれ」

直之進はいま会ってきたばかりの本村助九郎の人相を告げた。

「目が糸のように細く、顔が角張ってえらが張っている――」

さらに続けようとしたが、筆を持つ手を止めて仲之丞がさえぎった。

「それは、垣生高之進に似ているような気がするな」

「その垣生高之進というのは堀田家の遺臣か」

「そうだ」

いわれて直之進は一覧を見た。確かにその名は載っている。

「ついでだ」

いうや、仲之丞が人相書をさらさらと描いた。

「どうだ、これが垣生高之進だ」

膝で前に進み、直之進は人相書を手にした。

「同じだけやろう」

「太っ腹よの」

意外にしゃきっとして、仲之丞が文机の前に正座した。紙と墨、筆を用意すそこには、さっき会ったばかりの男の顔があった。

一分を仲之丞に支払い、直之進はすぐさま立ち上がった。外に出て、足早に根岸に向かって歩き出す。

やがて本村助九郎こと垣生高之進と思える侍の家が見えてきた。

まわりを見渡し、近くに人けがないのを確かめて、直之進は近くの茂みにひそんだ。

どこからか鐘の音が聞こえてきた。すでに日は暮れ、今の鐘は五つを告げるものだ。

ここに陣取ってすでに二刻ほどたつが、今のところ目立った動きはない。家には灯りが見えている。高之進は起きているのだ。

それにしても腹が減った。今日はほとんどなにも入れていない。朝食をとらなかったから、昼食は早めに蕎麦屋に入って食した。あれからもう何刻も経過している。腹が空かないはずがない。

だが、空腹などたいしたことではないのだ。一食や二食抜いたくらいで、死にやしない。食べたくても和四郎はもうなにも食べられないのだ。あまりに哀れで、またも涙が出そうになる。

そのとき高之進の家で気配が動いた。それを肌で感じ、直之進はわずかに緊張した。

やがて提灯を手に、高之進が家を出てきた。戸締まりをして歩き出す。茂みをそっと出た直之進はつけはじめた。

次に高之進が足を止めたのは、普請中の例の道場だった。張りめぐらせた幕を上げ、高之進が入ってゆく。しばらく間を置いてから、直之進も音をさせることなく幕を上げ、中に身を入れた。

目の前に大きな建物がある。すでにほとんどできているようだ。

高之進の姿はない。ただ、気配が伝わってくる。左手のほうにいる。

足音を忍ばせて、直之進はそちらに向かった。庭が広がっていた。緋木瓜の花が一面に咲いている。一連の事件に使われた緋木瓜の花はここから持ち出されたのではないか、という気がした。

いきなり背後から剣気が舞い上がった。

斬りかかられた。

直之進は前に跳んだ。すでに体は両断されており、上半身だけが飛んでいるのではないか、という恐れを抱いた。

手から着地して、そのまま転がった。さっと立ち上がる。両断はされていなかった。さすがにほっとする。わずかに気をゆるめた瞬間につけ込まれたのだ。

「滝上鹿久馬っ」

叫びざま刀を引き抜き、直之進は鹿久馬がいるはずの方向に体を向けた。だが、そこには誰もいなかった。鹿久馬はすでに左側に回り込んでいた。そこから刀が振り下ろされてきた。地面を蹴って直之進はそれを避けた。体勢を立て直し、鹿久馬を見つめる。

大太刀を八双に構えて、鹿久馬がそこにいた。今日は頭巾をしていない。ここで直之進を仕留める気なのだ。

勇気を持て。

自らにいい聞かせて、直之進は間合をはかった。必ずやれる。この男の斬撃がお師匠より速いわけがない。必ずかいくぐれる。あとは度胸だけだ。

息を一つ入れた直之進は身を沈め、突っ込もうとした。だが、すぐに間合が合わないことを覚り、横に跳んだ。今の足さばきでは確実に殺られていた。

もう一度体勢をととのえ、直之進は再び突っ込んだ。今度は仁埜丞をも驚かせた足さばきを実践することができた。

懐に入り込み、鹿久馬の胸をめがけて刀を突き出す。だが鹿久馬はそれをよけてみせた。あわてたように体をひるがえし、できたばかりの道場の中に入ってゆく。

すかさず直之進は追いかけ、続いて中に入り込んだ。

そこはすでに立派な道場となっていた。広さは、優に五十畳はあるだろう。まわりにはたくさんの木刀や竹刀が用意されている。本村助九郎こと垣生高之進は本気で道場をひらく気でいたかのようだ。

道場の真ん中で鹿久馬が待ち構えている。驚いたことに大太刀は捨てていた。道場の端に転がっている。新たな得物は体の後ろに隠しているようだ。

なんでもよい、と直之進は思った。とにかく、これは和四郎の仇を討つまたとない機会なのだ。逃すわけにはいかない。

鹿久馬との距離は五間ほど。恐ろしく堅い床板を蹴り、直之進は鹿久馬に向かって突進した。

あと一間というところまで来たとき、鹿久馬が小柄を飛ばしてきた。うっ、と思ったが、直之進は刀で弾き飛ばした。そこに鹿久馬が突っ込んできた。

得物は小太刀《こだち》だ。恐ろしいほど敏捷な剣で、直之進には太刀筋《たちすじ》がまったく見えなかった。

やられた。

一瞬、直之進が観念したほどの攻撃だった。大太刀をさんざん見せられて、そのあとに小太刀を持ってこられては、対処のしようがなかった。大太刀は直之進を釣る餌に過ぎなかったのだ。

だが、直之進は目にも止まらぬ鹿久馬の小太刀を跳躍してかわした。そこに意志が働いたわけではない。体が勝手に動いていたのだ。

「なにっ」

必殺の斬撃をよけられ、鹿久馬がわずかに狼狽する。宙を跳びながら、直之進は刀を右手だけで振り下ろした。

がつ、という音がわずかにしただけだ。床に足がつくや、直之進はくるりと体を返し、鹿久馬に向き直った。

鹿久馬の額が割れ、そこからおびただしい血がしたたりはじめた。だが、鹿久馬はかまわず突っ込んできた。小太刀を鋭く横に薙《な》ぐ。血が目に入り込んだのか、間合はまったく合っていない。

余裕をもって左側に回り込み、直之進は刀を振り下ろした。斬撃は再び鹿久馬の頭を打った。

今度は頭骨が割れ、血だけでなく脳味噌も流れ落ちている。真っ赤に染まった顔は直之進に向いているが、すでに鹿久馬の瞳にはなにも映っていないのではあるまいか。

ぐふ、と声を出し、ばたりと倒れた。

「ど、どうして……」

最後の力を振りしぼり、鹿久馬が顔を上げた。

「俺にもわからぬ」

これまでの稽古と実戦のたまものとしかいいようのない動きだった。

ふう、と大きく息をつき、直之進は天井を見上げた。そこに和四郎の顔を描き出す。

「仇は討ったぞ」

大声でいった途端、四囲の壁ががたん、がたん、と音を発した。同時に分厚い壁が天井から降りてきた。壁にかけられていた木刀や竹刀が新たな壁にはね上げられて、あちこちに散らばる。直之進の足元にも転がってきた。

「なんだ、これは」

思い切り壁を叩いたが、びくともしない。手が痛くなっただけだ。直之進は、四方を新たな壁に囲まれ、出口をふさがれた。

——罠だったのだ。直之進はようやく覚った。もともとこの道場に来るよう、鹿久馬側らによって、道筋がつけられていたのだ。

それに俺はむざむざと乗ってしまったのだ。

だが、ここに閉じ込めてどうするつもりなのか。

直之進がそう考えた次の瞬間、壁に小さな穴がぽかりと空き、樋《とい》のようなものが中に差し込まれた。そこから液体が流し込まれる。

油だ。

直感した直之進は壁に突進し、穴に刀を突き入れた。だが、なんの手応えもなかった。すっと刀を引くと、赤々と火がつけられた松明《たいまつ》が投げ込まれた。火を消そうとしたが、間に合わなかった。あっという間に炎が床をなめて広がってゆく。

まずいぞ。

めらめらと燃える炎は床から壁に移ろうとしている。直之進のほうにも燃え広がってきた。火に追われ、直之進は逃げ惑うしかなかった。

だが、逃げているだけでは駄目だ。直之進は刀で壁に斬りつけた。だが、がん、と弾き返された。よほど堅い木が用いられているのだろう。

ならば、床はどうだ。

こちらも同じだった。刃が立たない。とんでもなく堅い木でできている。

どうすればいい。

炎の波が迫ってくる。

そうだ。これしかない。

まだ燃えていない木刀を直之進はかき集めた。鹿久馬の小太刀も手に持った。

まずは自分の刀を、床板めがけて突き刺しはじめた。

一点に集中させるのだ。

床板に少し凹《へこ》みができた。

直之進は火にあぶられつつも、とにかく床の一点だけを突いていった。刀が無残に音を立てて折れた。

次に鹿久馬の小太刀を使った。

これも折れた。

だが、その拍子に床板に小さな穴があいた。しかし、刀はもう残されていない。

次に手にしたのは木刀である。すでに直之進は汗びっしょりだ。熱くて死にそうだ。息も苦しくなっている。喉がひりひりと痛い。

だが、ここで負けるわけにはいかない。必ず生きて帰ってやる。おきくのためにも死ぬわけにはいかない。光右衛門も直之進の死を聞いたら、気弱になって病に負けてしまうかもしれない。

そんなのは駄目だ。

直之進は木刀の先を床板の穴に突き刺し続けた。堅さに負けて、何本もの木刀が折れた。

木刀もついに最後の一本になった。

これで駄目なら、死ぬということだ。

負けてたまるか。

むしろ体から力を抜き、刀尖《とうせん》にだけしっかりと力が伝わるように突き立てた。

がつ、と音がし、ついに床板に割れ目ができた。そこから地面が見えている。

力を得た直之進は木刀を突き刺し続けた。

穴はだいぶ大きくなったが、体が入るほどではない。

それでも直之進は飽かずに突き刺した。がむしゃらに突いて突いて突きまくった。

ついに一尺ほどの穴があいた。直之進はその中に身を入れた。炎がすがってきたが、床下までは追ってこなかった。

ひんやりとしている床下を這った。頭上でごうごうと炎が音を立てている。

床板が厚いおかげで、熱はほとんど感じない。

ようやく床下から抜けられた。

すぐそばの植え込みの前に人が立っていた。

「うおっ」

その男が驚きの声を発した。次いで大声を上げる。

「湯瀬だ、ここにいるぞ」

垣生高之進だった。刀を抜くや、振り下ろしてきた。

それをかわすことなく、ささくれ立った木刀を直之進は振るった。どす、と高之進の腹に木刀が入る。高之進は苦しさのあまり、昏倒した。

影が二つ、こちらに駆けてきた。

足立仲之丞と山久弁蔵の二人だ。

二人ともそこそこ遣えるが、直之進の敵ではない。木刀を振るって、あっさりと地に這わせた。

打ちどころが悪かったか、弁蔵は気絶した。仲之丞はうめき声を上げて、地面を這いずっている。

それを確かめて、直之進は大きく息をついた。大気が甘い。生きているからこそ味わえる甘さだ。

屋根を破って、火が立ちのぼりはじめた。

半鐘《はんしょう》が叩かれている。

じき火消したちが駆けつけるだろう。

「呪ってやる」

風を巻き起こした炎がごうごうと鳴る中、つぶやくような声が聞こえ、直之進はさっと顔を向けた。

地面にしゃがみ込んだ高之進が自らの喉頸に脇差を当て、血走った目で直之進をにらみつけていた。直之進が目をみはると同時に、ためらうことなく脇差を喉に突き立てた。かすれたような声を発すると、ばたりと前のめりに倒れた。どす黒い血が地面に広がってゆく。

——なんてことだ。

直之進は呆然とせざるを得なかった。まさか自害して果てるとは……。

そのとき背後で、またしても息の詰まったような声がした。はっとして直之進が振り返ると、横たわる弁蔵の胸に仲之丞が脇差を突き通していた。その脇差を素早く引き抜き、仲之丞が自分の首筋に添える。

「よせっ」

叫びざま直之進は地を蹴ったが、その前に仲之丞は脇差をぐいっと前に引いた。首に一条の赤い筋が描かれる。傷口を押し破るようにして血が一気に噴き出した。

血が降りかかるのもかまわずに突進し、直之進は倒れ込もうとする仲之丞の体を両手で支えた。瞳がぎろりと動き、不敵な笑みを浮かべた仲之丞が直之進を見やる。

「あ、あの世で、ま、待っておるぞ。早く、こ、来い」

最後の力を振りしぼって直之進にいい、やがて仲之丞ががくりと首を落とした。

三つの死骸を目の当たりにした直之進は、力なく首を横に振ることしかできなかった。この者たちを甘く見ていた。

なにも聞き出すことなく死なせてしまったのは、明らかにしくじりだった。

二人があっさり自害して果てるなど、あの三人は相当の覚悟だったのだな。

そんなことを思いつつ、直之進は米田屋を目指している。

火事は幸いにして延焼せず、近所に迷惑をかけることはなかった。

直之進はまず富士太郎の屋敷に行き、事の詳細を話した。富士太郎は、すべてお任せください、しっかりと後始末はしますから、と胸を叩いていってくれた。

富士太郎は頼りになる。直之進は大船に乗ったような気分になった。

そうはいっても、もうふらふらだ。疲れ切っている。本当は樺山屋敷に泊まっていきたいくらいだった。富士太郎はそうするように勧めてくれたのだ。

だが、直之進はおきくや光右衛門、琢ノ介たちの顔を見たくてならなかった。

そうしなければ、この一件のかたはつかないのではないかと思ったのだ。

町々の木戸のくぐり戸をいちいちあけてもらいながら、直之進は歩いた。

闇の中、ようやく米田屋が見えてきた。

疲れた体を引きずるように、直之進は近づいていった。

米田屋の戸はすべて閉まっている。それも当然だろう。もう深夜の九つに近いのだ。

米田屋は静かなものだ。全員、ぐっすりと寝入っているのだろう。かすかに琢ノ介のものらしいいびきが聞こえてくる。

起こすのは悪いな。明日にしよう。

直之進は長屋に足を向けた。

東の空に半月が出ていた。下弦《かげん》の月である。これから新月に向かうからか、どこか頼りなげな光を地上に投げかけている。

月と一緒に歩いて、直之進は長屋の木戸をくぐり、自分の店の前に来た。

むっ。

背筋に寒けが走り、直之進は慄然とした。

障子戸の前に赤いものが落ちていたのだ。いや、そうではない。置かれたのだ。

緋木瓜の花――。

滝上鹿久馬たちが死んだことで、すべての幕が下りたわけではなかったのだ。

まだ続きがある。

直之進はあたりを見回した。そこに誰がいるわけでもないだろうが、闇をにらみつけた。

そちらがその気なら、相手になってやる。

俺は決して負けぬ。

この作品は双葉文庫のために書き下ろされました。

双葉文庫

す-08-24

口入屋用心棒《くちいれやようじんぼう》

緋《ひ》木瓜《ぼけ》の仇《あだ》

2012年11月18日　第1刷発行
2022年 8月24日　第4刷発行

【著者】
鈴木英治《すずきえいじ》

【発行者】
箕浦克史
【発行所】
株式会社双葉社
〒162-8540 東京都新宿区東五軒町3番28号
［電話］03-5261-4818(営業部)　03-5261-4868(編集部)
www.futabasha.co.jp（双葉社の書籍・コミックが買えます）
【印刷所】
株式会社新藤慶昌堂
【製本所】
株式会社若林製本工場
【カバー印刷】
株式会社久栄社
【フォーマット・デザイン】
日下潤一

ISBN978-4-575-66586-4 C0193
Printed in Japan

秋山香乃

からくり文左 江戸夢奇談
風冴ゆる

長編時代小説〈書き下ろし〉

入れ歯職人の桜屋文左は、からくり師としても類まれな才能を持つ。その文左が、八百八町を震撼させる難事件に直面する。シリーズ第一弾。

秋山香乃

からくり文左 江戸夢奇談
黄昏に泣く

長編時代小説〈書き下ろし〉

文左の剣術の師にあたる徳兵衛が失踪した日の夕刻、文左と同じ町内に住む大工が、酷い姿で堀に浮かぶ。シリーズ第二弾。

秋山香乃

伊庭八郎幕末異聞
未熟者

長編時代小説〈書き下ろし〉

心形刀流の若き天才剣士・伊庭八郎が仕合に臨んだ相手は、古今無双の剣士・山岡鉄太郎だった。山岡の〝鉄砲突き〟を八郎は破れるのか。

秋山香乃

伊庭八郎幕末異聞
士道の値《あたい》

長編時代小説〈書き下ろし〉

江戸の町を震撼させる連続辻斬り事件が起きた。伊庭道場の若き天才剣士・伊庭八郎が、事件の探索に乗り出す。好評シリーズ第二弾。

秋山香乃

伊庭八郎幕末異聞
櫓《ろ》のない舟

長編時代小説〈書き下ろし〉

サダから六所宮のお守りが欲しいと頼まれ、府中まで出かけた伊庭八郎。そこで待ち受けていたものは……!? 好評シリーズ第三弾。

池波正太郎

熊田十兵衛の仇討ち

時代小説短編集

熊田十兵衛は父を闇討ちした山口小助を追って仇討ちの旅に出たが、苦難の旅の末に……。表題作ほか十一編の珠玉の短編を収録。

池波正太郎

元禄一刀流

時代小説短編集〈初文庫化〉

相戦うことになった道場仲間、一学と孫太夫の運命を描く表題作など、文庫未収録作品七編を収録。細谷正充編。

風野真知雄　若さま同心　徳川竜之助

秘剣封印

長編時代小説〈書き下ろし〉

スリの大親分さびぬきのお寅は、ある大店の主の死に不審なものを感じ、見習い同心の徳川竜之助に探索を依頼するが。好評シリーズ第五弾。

風野真知雄　若さま同心　徳川竜之助

飛燕《つばくろ》十手

長編時代小説〈書き下ろし〉

一石橋で雪駄強盗事件が続発した。履き古された雪駄を、なぜ奪っていくのか？　竜之助が事件の謎を追う！　大好評シリーズ第六弾。

風野真知雄　若さま同心　徳川竜之助

卑怯三刀流

長編時代小説〈書き下ろし〉

品川で起きた口入れ屋の若旦那殺害事件を追う竜之助。その竜之助を付け狙う北辰一刀流の遣い手が現れた。大好評シリーズ第七弾。

風野真知雄　若さま同心　徳川竜之助

幽霊剣士

長編時代小説〈書き下ろし〉

蛇と牛に追い詰められ、橋の欄干で首を吊る怪事件が勃発。謎に迫る竜之助の前に、刀を持たずに相手を斬る〝幽霊剣士〟が立ちはだかる。

風野真知雄　若さま同心　徳川竜之助

弥勒《みろく》の手

長編時代小説〈書き下ろし〉

難事件解決に奔走する徳川竜之助に、「人斬り半次郎」と異名をとる薩摩示現流の遣い手中村半次郎が襲いかかる。大好評シリーズ第九弾。

風野真知雄　若さま同心　徳川竜之助

風神雷神

長編時代小説〈書き下ろし〉

左手を斬り落とされた徳川竜之助は、さびぬきのお寅の家で治療に専念していた。それでも、持ち込まれる難事件に横臥したまま挑む。

風野真知雄　若さま同心　徳川竜之助

片手斬り

長編時代小説〈書き下ろし〉

竜之助の宿敵柳生全九郎が何者かに斬殺され、示現流の達人中村半次郎も京都へ戻る。左手の自由を失った竜之助の前に、新たな刺客が!?

風野真知雄

若さま同心　徳川竜之助
双竜伝説

長編時代小説〈書き下ろし〉

師匠との対決に辛勝した竜之助だが、風鳴の剣はいまだ封印したまま。折しも、易者殺しの下手人に、土佐弁を話す奇妙な浪人が浮上する。

風野真知雄

若さま同心　徳川竜之助
最後の剣

長編時代小説〈書き下ろし〉

正式に同心となった徳川竜之助。だが、尾張藩の徳川宗秋の悪辣な罠に嵌まり、ついに風鳴の剣と雷鳴の剣の最後の闘いが始まる！

風野真知雄

新・若さま同心　徳川竜之助
象印《ぞうじるし》の夜

長編時代小説〈書き下ろし〉

辻斬りが横行する江戸の町に次から次へと起きる怪事件。南町の定町回り同心がフグ中毒で壊滅状態のなか、見習い同心竜之助が奔走する。

風野真知雄

新・若さま同心　徳川竜之助
化物の村

長編時代小説〈書き下ろし〉

浅草寺裏のお化け屋敷〈浅草地獄村〉が連日の大賑わい。そんな折り、屋敷内で人殺しが起きたのを皮切りに、不可思議な事件が続発する。

芝村涼也

返り忠兵衛　江戸見聞
春嵐《はるあらし》立つ

長編時代小説〈書き下ろし〉

藩改革の騒動に巻き込まれて兄を喪い、自らも追われる身となった筧忠兵衛。江戸の喧噪は吉か凶か？　期待の新人デビュー作。

芝村涼也

返り忠兵衛　江戸見聞
湿風烟《けぶ》る

長編時代小説〈書き下ろし〉

謀反者として忠兵衛を抹殺すべく、定海藩主の懐刀・神原采女正は悪辣な罠を張りめぐらす。忠兵衛の運命は!?　期待のシリーズ第二弾。

芝村涼也

返り忠兵衛　江戸見聞
秋声《しゅうせい》惑う

長編時代小説〈書き下ろし〉

神原采女正から御前の正体と浅井蔵人の暗躍を告げられた忠兵衛。激しい動揺の中で、新たな事件が巻き起こる。注目のシリーズ第三弾。

鈴木英治　口入屋用心棒4　**夕焼けの甍《いらか》**　長編時代小説〈書き下ろし〉

佐之助の行方を追う直之進は、事件の背景にある藩内の勢力争いの真相を探る。折りしも沼里城主が危篤に陥り……。好評シリーズ第四弾。

鈴木英治　口入屋用心棒5　**春風《はるかぜ》の太刀**　長編時代小説〈書き下ろし〉

深手を負った直之進の傷もようやく癒えはじめた折りも折り、米田屋の長女おあきの亭主甚八が事件に巻き込まれる。好評シリーズ第五弾。

鈴木英治　口入屋用心棒6　**仇討ちの朝**　長編時代小説〈書き下ろし〉

倅の祥吉を連れておあきが実家の米田屋に戻った。そんな最中、千勢が勤める料亭・料永に不吉な影が忍び寄る。好評シリーズ第六弾。

鈴木英治　口入屋用心棒7　**野良犬の夏**　長編時代小説〈書き下ろし〉

湯瀬直之進は米の安売りの黒幕・島丘伸之丞を追う的場屋登兵衛の用心棒として、田端の別邸に泊まり込むが……。好評シリーズ第七弾。

鈴木英治　口入屋用心棒8　**手向けの花**　長編時代小説〈書き下ろし〉

殺し屋・土崎周蔵の手にかかり斬殺された中西道場一門の無念をはらすため、湯瀬直之進は復讐を誓う……。好評シリーズ第八弾。

鈴木英治　口入屋用心棒9　**赤富士の空**　長編時代小説〈書き下ろし〉

人殺しの廉で南町奉行所定廻り同心・樺山富士太郎が捕縛された。直之進と中間の珠吉は事の真相を探ろうと動き出す。好評シリーズ第九弾。

鈴木英治　口入屋用心棒10　**雨上《あめあ》がりの宮《みや》**　長編時代小説〈書き下ろし〉

死んだ緒加屋増左衛門の素性を確かめるため、探索を開始した湯瀬直之進。次第に明らかになっていく腐米汚職の実態。好評シリーズ第十弾。

鈴木英治
口入屋用心棒11
旅立ちの橋
長編時代小説〈書き下ろし〉
腐米汚職の黒幕堀田備中守を追詰めようと策を練る直之進は、長く病床に伏していた沼里藩主誠興から使いを受ける。好評シリーズ第十一弾。

鈴木英治
口入屋用心棒12
待伏せの渓《たに》
長編時代小説〈書き下ろし〉
堀田備中守の魔の手が故郷沼里にのびたことを知り、江戸を旅立った湯瀬直之進。その道中、直之進を狙う罠が……。シリーズ第十二弾。

鈴木英治
口入屋用心棒13
荒南風《あらはえ》の海
長編時代小説〈書き下ろし〉
腐米汚職の真相を知る島丘伸之丞を捕えた湯瀬直之進は、海路江戸を目指していた。しかし、黒幕堀田備中守が島丘奪還を企み……。

鈴木英治
口入屋用心棒14
乳呑児《ちのみご》の瞳《め》
長編時代小説〈書き下ろし〉
品川宿で姿を消した米田屋光右衛門の行方をさがすため、界隈で探索を開始した湯瀬直之進。一方、江戸でも同じような事件が続発していた。

鈴木英治
口入屋用心棒15
腕試しの辻
長編時代小説〈書き下ろし〉
妻千勢が好意を寄せる佐之助が失踪した。複雑な思いを胸に直之進が探索を開始した矢先、千勢と暮らすお咲希がかどわかされかかる。

鈴木英治
口入屋用心棒16
裏鬼門《うらきもん》の変
長編時代小説〈書き下ろし〉
ある夜、江戸市中に大砲が撃ち込まれる事件が発生した。勘定奉行配下の淀島登兵衛から探索を依頼された湯瀬直之進を待ち受けるのは!?

鈴木英治
口入屋用心棒17
火走《ひばし》りの城
長編時代小説〈書き下ろし〉
湯瀬直之進らの探索を嘲笑うかのように放たれた一発の大砲。賊の真の目的とは？　幕府の威信をかけた戦いが遂に大詰めを迎える！